신비한 동물들과
그린델왈드의 범죄

원작 시나리오

WIZARDING WORLD

J.K. 롤링

신비한 동물들과
그린델왈드의 범죄

FANTASTIC BEASTS
THE CRIMES OF
GRINDELWALD ™

원작
시나리오

박아람 옮김

표지 및 본문 디자인
미나리마

문학수첩

FANTASTIC BEASTS: THE CRIMES OF GRINDELWALD the original screenplay

First published in print in Great Britain in 2018 by Little, Brown
Korean translation copyright © 2019 by Moonhak Soochup Publishing Co., Ltd.
Text © J.K. Rowling 2018
Illustrations by MinaLima © J.K. Rowling 2018
Foreword by David Yates © David Yates 2018
Wizarding World Publishing Rights © J.K. Rowling
Wizarding World characters, names and related indicia are TM of
and © Warner Bros. Ent. All rights reserved.
Wizarding World is a trademark of Warner Bros. Entertainment Inc.
All rights reserved.

영화의 한글 자막과 한글 더빙 대본은 워너 브라더스 픽처스에서 제공했습니다.
원작 시나리오는 박아람이 번역했습니다.

켄지에게

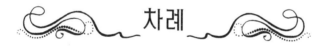

차례

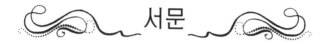

서문

나는 많은 작가들과 일해 봤지만 J.K. 롤링만큼 특별한 사람은 없었다. 롤링은 자신이 만든 인물들과 세계를 속속들이 알고 있을 뿐 아니라 내가 지금껏 만나 본 사람들 가운데 가장 역동적으로 사고하며, 크게 성공했음에도 불구하고 놀랍도록 현실적이다. 더없이 독창적인 스토리텔링을 추구하면서도 제작자 겸 각본가로서 영화 제작에 참여할 때에는 한없이 협조적이다.

나는 〈신비한 동물들과 그린델왈드의 범죄〉의 대본을 2016년 봄에 처음 읽었다. 영화 촬영에 들어가기 1년 2개월 전이었다. 다층적이고, 뭉클하고, 무엇보다도 정체성이 확실했으며, 영화를 만드는 사람에게 수많은 선물과 훌륭한 놀이터를 제공해 주는 이야기였다. 1920년대 후반의 파리를 재현하고 새로이 등장한 신비한 동물들과 씨름하면서 매혹적인 인물과 주제 들이 뒤얽힌 뭉클한 이야기를 탐구하는 일은 너무도 짜릿했고, 덕분에 준비하고 제작하는 기간 내내 흥분과 재미가 가득한 나날을 만끽했다.

그러나 이 모든 것을 뛰어넘어, 이 작품을 처음 읽었을 때 나는 시간을 초월하는 매력 넘치고 흥미진진한 인물들에 가장 매료되었다. 롤링의 인물들은 모두 엄청난 시련을 겪으며

점점 복잡하고 위험해지는 세상을 항해해 나간다. 마법과 환상이 가미되긴 했지만, 시간을 뛰어넘어 우리의 세상과도 많이 닮아 있는 그런 세상을 말이다.

2018년 9월 9일
데이비드 예이츠

신비한 동물들과
그린델왈드의 범죄
원작 시나리오

SCENE 1
실외. 뉴욕, 미국 마법부. 1927년. 밤.

뉴욕과 미합중국 마법 의회(MACUSA, Magical Congress of the United States of America) 건물이 공중 숏으로 보인다.

SCENE 2
실내. MACUSA 지하, 검은 벽의 황량한 방. 밤.

긴 머리칼에 턱수염을 기른 그린델왈드가 의자에 마법으로 묶인 채 꼼짝없이 앉아 있다. 대기가 어른거리며 마법의 기운이 나타난다.

애버내시가 복도에서 그린델왈드를 들여다본다.

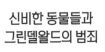

도마뱀과 호문쿨루스를 섞은 듯한 아메리카 대륙의 흡혈 동물 추파카브라 새끼가 그린델왈드의 의자에 사슬로 묶여 있다.

SCENE 3
실내. MACUSA, 양옆으로 감방들이 늘어선 복도. 잠시 후. 밤.

세라피나 피쿼리 대통령과 루돌프 슈필만이 불길해 보이는 문을 향해 천천히 걸어간다. 양옆으로 교도관들이 끝없이 늘어서 있다.

슈필만
(독일 억양으로)
…놈을 내보내면 후련하시겠습니다.

피쿼리
차라리 여기에 계속 가둬 뒀으면 좋겠어요.

슈필만
반년이면 충분합니다. 이제 유럽에서 죗값을 물게 해야죠.

두 사람이 문 앞에 이르자 애버내시가 돌아서서 인사를 건넨다.

> 애버내시
> 피쿼리 대통령님, 슈필만 씨, 죄수 이송 준비를 마쳤
> 습니다.

슈필만과 피쿼리가 감방 안의 그린델왈드를 들여다본다.

> 슈필만
> 정말 만전을 다하셨군요.

> 피쿼리
> 그럴 수밖에요. 워낙 강력하잖아요. 교도관도 세 번이
> 나 바꿨답니다. 어찌나 언변이 좋은지… 결국 혀를 없
> 애 버렸죠.

SCENE 4
실내. MACUSA 감옥. 밤.

새장 같은 감방들이 층층이 쌓여 있다. 몸이 묶인 그린델왈드가
마법으로 허공에 둥둥 떠서 위층으로 이송되자 죄수들이 창살을

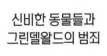

두드리며 소리친다.

> 죄수들
> 그린델왈드! 그린델왈드!

SCENE 5
실외. MACUSA 옥상. 몇 분 후. 밤.

세스트랄 여덟 마리가 끄는 검은 마차가 기다리고 있다. 마치 장의용 마차 같다. 오러 1과 오러 2가 마부석에 올라타고, 다른 오러들이 그린델왈드를 마차에 태운다.

> 슈필만
> 전 세계 마법 사회가 대통령께 큰 신세를 졌습니다.

> 피퀴리
> 저자를 얕보지 마세요.

애버내시가 두 사람에게 다가간다.

애버내시
슈필만 씨, 저자가 숨겨 놓은 지팡이를 저희가 찾았습
니다.

애버내시가 검은색 사각형 상자를 건넨다.

피쿼리
애버내시?

애버내시
그리고 이것도 찾았어요.

애버내시가 손바닥을 내민다. 액체가 담긴 반짝거리는 작은 금빛
약병이 놓여 있다. 슈필만이 사슬이 달린 그 병에 손을 뻗자, 애
버내시가 잠깐 망설이다가 약병을 놓는다.

약병이 슈필만에게로 넘어가자 마차 안에서 그린델왈드가 천장
을 올려다본다.

슈필만이 마차에 올라탄다. 오러 1이 마차를 몰고 오러 2는 옆자
리에 앉아 있다. 문이 닫히고, 마차 문에 일련의 잠금장치들이 나
타난다. 철컥, 철컥, 철컥, 불길한 소리가 연속해 울려 퍼지며 잠
금장치들이 채워진다.

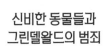

신비한 동물들과
그린델왈드의 범죄

오러 1
이랴!

세스트랄들이 출발한다.

마차가 급속히 아래로 떨어지다가 폭우를 뚫고 다시 솟아오른다.
다른 오러들이 빗자루를 타고 뒤쫓아 간다.

잠시 후.

애버내시가 딱총나무 지팡이를 들고 앞으로 걸어 나와, 점점 멀
어지는 마차를 바라본 뒤 순간이동으로 사라진다.

장면 전환:

SCENE 6
실외. 세스트랄들이 끄는 마차. 밤.

마차의 아랫부분. 애버내시가 순간이동으로 나타나 바퀴 축에 매
달린다.

SCENE 7
실내. 세스트랄들이 끄는 마차. 밤.

슈필만과 그린델왈드가 앉아 있다. 오러들이 양옆에서 그린델왈드를 지팡이로 겨누고, 그린델왈드는 시선을 한곳에 고정한 채 움직이지 않는다. 그린델왈드의 지팡이 상자가 슈필만의 무릎 위에 놓여 있다.

슈필만이 약병과 연결된 사슬을 들어 올린다.

　　슈필만
　　이젠 지껄일 수도 없지?

그러나 그린델왈드의 모습이 변하기 시작한다….

SCENE 8
실외. 세스트랄들이 끄는 마차. 밤.

마차 아래쪽에 안정적으로 매달린 애버내시의 얼굴이 변하면서 머리칼이 금빛으로 바뀌고 길어진다…. 그린델왈드다. 그린델왈드가 딱총나무 지팡이를 들어 올린다.

SCENE 9
실내. 세스트랄들이 끄는 마차. 밤.

그린델왈드가 혀 없는 애버내시로 빠르게 변하고 있다. 이제 변신이 거의 끝나 간다.

> 슈필만
> (놀라며)
> 아!

SCENE 10
실외. 세스트랄들이 끄는 마차. 밤.

완전히 모습을 되찾은 그린델왈드가 마차 아래쪽에서 순간이동해 사라지더니…

…마부석 옆에 나타난다. 오러 1과 오러 2가 그를 발견한다. 그린 델왈드가 지팡이로 마차의 고삐를 겨누자 검은 밧줄들이 살아 있는 뱀들로 바뀌더니 오러 1을 휘감아 마차에서 떨어뜨린다. 오러 1이 빗자루 탄 오러들을 지나 저 멀리 밤하늘로 날아가 버린다.

그린델왈드가 다시 마법을 쏘자 고삐의 검은 밧줄이 오러 2를 칭칭 감아 앞으로 내던진 뒤 마치 새총처럼 반동을 주어 다시 뒤로 날린다. 오러 2가 세스트랄들이 끄는 마차 뒤를 따르던 오러 3, 오러 4와 부딪친다. 그들 모두가 어둠 속으로 떨어진다.

SCENE 11
실내. 세스트랄들이 끄는 마차. 밤.

슈필만과 나머지 두 오러의 지팡이들이 방향을 돌려 주인의 목을
찌른다. 슈필만이 지켜보는 가운데 그의 지팡이가 재로 변한다.

마차가 위험하게 흔들리면서 양쪽 문이 모두 열린다. 창밖에 그
린델왈드의 머리가 나타나자 슈필만이 기겁하며 무릎 위에 놓인
지팡이 상자를 열어 본다. 추파카브라가 펄쩍 튀어나와 슈필만의
목에 송곳니를 깊게 박아 넣는다. 슈필만이 추파카브라를 떼어
내려 애쓰는 사이, 작은 약병이 바닥으로 떨어진다.

SCENE 12
실외. 세스트랄들이 끄는 마차. 밤.

그린델왈드가 저 아래 허드슨강으로 마차를 몰아가고, 빗자루 탄 오러들이 그 뒤를 쫓는다. 마차의 바퀴들이 수면을 스친다. 빗자루 탄 오러들이 따라잡는다.

그린델왈드가 딱총나무 지팡이를 강물에 대는 순간, 마차 안에 물이 차오르기 시작한다.

그린델왈드가 마차를 다시 허공으로 띄운다.

SCENE 13
실내. 세스트랄들이 끄는 마차. 밤.

두 오러와 슈필만, 애버내시가 물에 잠겨 숨을 참고 있다.

슈필만이 물속을 떠다니는 작은 약병을 잡으려 하지만 추파카브라가 가로막는다. 여전히 두 손이 묶인 애버내시가 입으로 간신히 약병을 잡는다.

SCENE 14
실외. 세스트랄들이 끄는 마차. 밤.

그린델왈드가 여전히 마차를 몰며, 허공에서 지팡이를 돌려 주위를 에워싼 먹구름을 겨눈다. 하늘에서 여러 차례 번개가 번쩍이며 빗자루 탄 오러들을 때려 하나씩 차례로 떨어뜨린다.

SCENE 15
실내. 세스트랄들이 끄는 마차. 밤.

문밖에 그린델왈드가 나타나 애버내시에게 고갯짓한다. 그린델왈드가 문을 잡아 뜯자 물이 쏟아져 나가며 남은 두 오러가 휩쓸려 나간다. 그린델왈드가 마차 안으로 들어가 애버내시의 입에 물린 약병을 빼내고, 마법으로 애버내시에게 갈라진 새 혀를 만들어 준다.

그린델왈드

넌 고귀한 대의에 협조해 주었다, 나의 친구.

그린델왈드가 슈필만에게 붙어 있는 작은 추파카브라를 떼어 낸다. 추파카브라가 피 묻은 얼굴을 그린델왈드의 손에 살갑게 비벼 댄다.

그린델왈드

그래, 그래. 착하지, 안토니오.

그린델왈드가 불쾌한 얼굴로 추파카브라를 내려다본다.

그린델왈드

성가신 놈이군.

그린델왈드가 추파카브라를 문밖으로 던진다.

그런 뒤 마법을 사용해 슈필만을 열린 문 밖으로 날려 버리고, 지팡이도 함께 던진다.

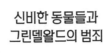
SCENE 16
실외. 대서양 상공. 밤.

추락하면서 간신히 지팡이를 잡은 슈필만이 보이지 않게 속도 늦
추는 주문을 쏜다. 서서히 바다를 향해 내려가면서 슈필만이 유
럽 쪽으로 멀어져 가는 자신의 마차를 지켜본다.

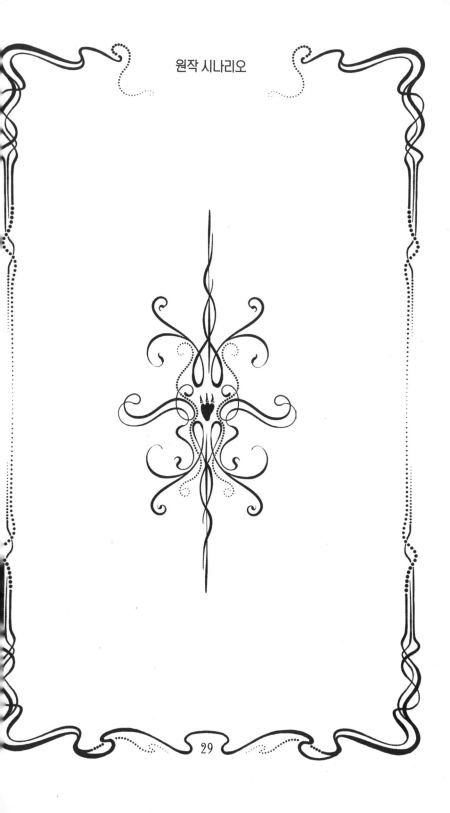

원작 시나리오

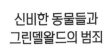
SCENE 17

실외. 구름이 뒤덮인 런던의 화이트홀. 3개월 후. 오후.

우울하고 적막한 분위기. 설정 숏.

부엉이 한 마리가 마법부 안으로 날아 들어간다.

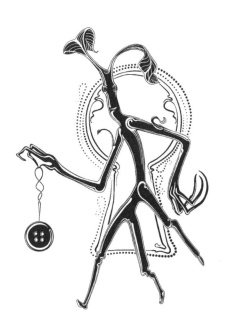

SCENE 18
실내. 마법부. 오후.

뉴트 스캐맨더가 우중충한 대기실에 혼자 앉아 허공을 바라보며
생각에 잠겨 있다. 잠시 후 무언가가 손목을 당기는 것을 느끼고
아래를 내려다본다. 보우트러클인 피켓이 풀려나온 소매의 실 한
가닥에 매달려 있다.

실이 툭 끊어지면서 피켓이 떨어진다. 뉴트의 단추가 복도를 굴
러간다. 뉴트와 피켓이 굴러가는 단추를 지켜본다.

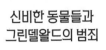

잠시 후.

뉴트와 피켓이 단추를 따라 달려간다. 먼저 닿은 뉴트. 몸을 낮춰 단추를 주우려는데 눈앞에 웬 여인의 발이 보인다.

> 리타(O.S.)
> 곧 시작한대, 뉴트.

뉴트가 일어난다. 그의 앞에 서 있는 리타 레스트랭이 아름다운 모습으로 미소 짓고 있다. 뉴트가 단추와 피켓을 호주머니에 넣는다.

> 뉴트
> 리타… 네가 여긴 어쩐 일이야?

> 리타
> 테세우스가 나도 마법부의 가족이 되면 좋겠다고 해서.

> 뉴트
> 정말 그렇게 말했어? "마법부의 가족"?

리타가 살짝 웃는다. 두 사람은 함께 복도를 걸어간다. 사연이 많은 듯 긴장이 감돈다.

>   뉴트
>   형다운 표현이네.

>   리타
>   네가 저녁 한번 같이 안 먹는다고 테세우스가 서운해
>   해. 번번이 안 왔잖아.

>   뉴트
>   좀 바빴어.

>   리타
>   네 형이잖아, 뉴트. 테세우스는 널 자주 만났으면 해.
>   나도 그렇고.

뉴트가 자기 옷깃을 기어오르는 피켓을 발견하고 외투의 가슴 주
머니를 벌린다.

>   뉴트
>   (피켓에게)
>   이 녀석! 들어가, 피켓.

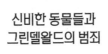
피켓이 주머니 속으로 들어간다.

> 리타
> (미소 지으며)
> 괴상한 동물들은 왜 그렇게 너를 좋아할까?

> 뉴트
> 괴상한 동물은 없어….

> 뉴트/리타
> "…편견을 가진 사람만이 있을 뿐."

리타가 다시 미소 짓는다. 뉴트도 미소를 지어 준다.

> 리타
> 프렌더가스트 교수님한테 그렇게 얘기했다가 나머지
> 공부를 얼마나 했더라?

> 뉴트
> 아마 한 달은 했을걸.

> 리타
> 나도 너랑 같이 벌 받으려고 그 교수님 책상 밑에 똥

폭탄 놓았던 거, 기억나?

두 사람은 위협적이고 딱딱해 보이는 회의실 문이 보이는 곳에
이른다. 테세우스 스캐맨더가 나타난다.

뉴트
아니, 기억 안 나.

뉴트의 무심함에 리타가 멈칫한다. 뉴트가 계속해서 테세우스를
향해 걸어간다. 뉴트의 형 테세우스는 뉴트와 매우 닮았지만 더
외향적이고 순응적이다. 테세우스가 리타에게 윙크한 뒤 뉴트 쪽
으로 몸을 돌린다.

테세우스
어서 와.

리타
테세우스. 뉴트한테 저녁 먹자고 얘기하고 있었어.

테세우스
그래? 흠… 있잖아, 들어가기 전에….

뉴트

이번이 다섯 번째야, 형. 나도 절차는 알아.

테세우스

이전과는 좀 다를 거야. 이번에는… 어쨌든 너무 고집

부리지 마. 알았지? 그리고 좀….

테세우스가 말없이 피켓과 뉴트의 파란 외투, 헝클어진 머리칼을

가리킨다.

뉴트

…맞춰 주라고?

테세우스

(조금은 애정을 담아)

그래서 나쁠 것 없잖아. 자, 들어가자.

원작 시나리오

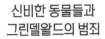

SCENE 19
실내. 마법부 청문회실. 오후.

뉴트와 테세우스가 청문회실로 들어온다. (무정하고 편협한) 토르
퀼 트래버스와 (미국인인) 아널드 거즈먼, (그린델왈드의 탈출 당시
에 생긴 멍 자국과 목의 피 맺힌 이빨 자국이 여전히 남아 있는) 루돌프
슈필만이 앉아 있다.

비어 있는 두 자리를 뉴트와 테세우스가 채운다. 방구석들은 어
둠에 싸여 있다.

트래버스

청문회를 시작하겠습니다.

깃펜이 기록을 시작한다. 트래버스가 자기 앞에 놓인 파일을 펼친다. 그 안에는 뉴트의 수배 사진과 옵스큐러스 사건으로 파괴된 뉴욕시 사진 들이 담겨 있다.

트래버스

출국 금지 해제를 요청했군. 왜지?

뉴트

외국에 나가고 싶어서요.

슈필만

(자신의 파일을 보며 읽는다.)

"비협조적이며 지난번 출국의 이유를 정확히 밝히지 않음."

모두가 뉴트를 보며 기다린다.

뉴트

답사하러 갔었어요. 마법 동물들에 관한 책을 쓰려고 자료를 모으고 있었거든요.

트래버스

뉴욕 절반을 날려 버렸잖나.

뉴트

아뇨. 그건 두 가지 측면에서 사실이 아니….

테세우스

(조용하고 단호하게)

뉴트!

뉴트가 말을 멈추고 얼굴을 찌푸린다.

거즈먼

스캐맨더 씨, 답답한 심정은 이해합니다. 솔직히 말하
면 우리도 마찬가지예요. 그래서 말인데, 한 가지 타
협안을 제안하고 싶습니다.

뉴트가 경계하는 얼굴로 테세우스를 흘깃 본다. 테세우스가 고개
를 끄덕이며 들어 보라는 신호를 보낸다.

뉴트

어떤 제안이죠?

트래버스

우리의 조건을 받아들이면 출국 금지를 풀어 주지.

뉴트는 기다린다. 슈필만이 상체를 앞으로 내민다.

슈필만

마법부에 들어와요. 정확히 말하면 형의 부서로.

잠시 곱씹은 뒤 뉴트가 입을 연다.

뉴트

싫습니다. 저는… 저하고는 안 맞아요. 형은 오러잖아
요. 제 적성에는 맞지 않아요….

거즈먼

스캐맨더 씨. 마법 세계와 비마법 세계는 100년 넘게
평화를 유지해 왔어요. 그런데 그린델왈드가 그 평화
를 깨려 합니다. 일부 마법사들이 그에게 현혹되고 있
고요. 많은 순혈들은 자기들이 마법 세계뿐 아니라 비
마법 세계까지 지배해야 한다고 믿습니다. 그들은 그
린델왈드를 영웅으로 생각해요. 그린델왈드는 이 청
년을 이용해 자기 야망을 실현하려 하고요.

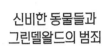

그의 말을 들으며 뉴트가 얼굴을 찌푸린다. 탁자 표면에 크레덴스의 얼굴이 나타난다.

뉴트
잠깐만요. 마치 크레덴스가 살아 있는 것처럼 얘기하시네요.

테세우스
살아 있어, 뉴트.

뉴트가 얼어붙으며 테세우스에게 시선을 고정한다. 테세우스가 고개를 끄덕인다.

테세우스
그 애는 살았어. 몇 달 전에 뉴욕을 떠나 유럽으로 왔지. 정확히 어디에 있는지는 모르지만….

뉴트
그러니까 저더러 크레덴스를 찾아내라는 겁니까? 찾아서 죽이라고요?

방 한구석의 어둠 속에서 깊고 불쾌한 웃음소리가 들린다.

그림슨

하나도 안 변했군, 스캐맨더.

뉴트가 그 목소리에 반응한다. 그림슨이 환한 곳으로 나온다. 흉터투성이의 거친 사내. 돈을 받고 동물을 잡아 주는 사냥꾼이다.

뉴트
(부아를 내며)
저 사람이 왜 여기 있어요?

그림슨

자네가 너무 물러 터져서 못하는 일을 맡으러 왔지.

그림슨이 그들을 향해 걸어온다. 마법이 투사된 탁자 표면에 여전히 크레덴스의 얼굴이 어른거린다.

그림슨
(크레덴스를 보며)
이놈입니까?

성난 뉴트가 벌떡 일어나 쿵쾅거리며 문으로 향한다.

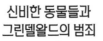
트래버스

(뉴트의 뒤에 대고 큰 소리로)

출국 요청은 거부되었네!

닫히는 문을 바라보는 테세우스. 놀랄 일도 아니라는 표정을 지으며, 위원회 사람들은 거만하게 웃고 있는 그림슨에게 시선을 돌린다.

SCENE 20
실내. 마법부 복도. 오후.

테세우스가 뉴트를 뒤쫓아 온다.

테세우스

뉴트!

뉴트가 멈춰 서서 돌아본다.

테세우스

(답답해하며)

나라고 그림슨을 끌어들이는 일이 좋은 줄 알아?

뉴트

됐어. 정의를 위해서는 수단 방법 가리지 말아야 한다
는 둥의 설교는 듣고 싶지 않아.

테세우스

너도 이제 그렇게 피하기만 해서는 안 돼!

뉴트

(짜증 내며)

그래, 또 그 얘기지. 나는 늘 이기적이고… 무책임하
고….

테세우스

뉴트, 곧 누구든 어느 한쪽을 택해야 할 거야. 너도 마
찬가지야.

뉴트

난 어느 편도 안 들 거야.

테세우스

뉴트….

뉴트가 돌아서서 걷는데, 테세우스가 달려와 그의 팔을 붙잡는다.

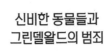
테세우스

(뉴트를 당겨 껴안으며)

이리 와.

뉴트는 호응하지 않지만 딱히 뿌리치지도 않는다.

테세우스

(뉴트의 귀에 대고)

너 감시당하고 있어.

SCENE 21

실내. 마법부, 청문회실. 오후.

뉴트가 앉았던 자리에 그림슨이 앉아 위원회를 마주하고 있다.

    그림슨

    자, 여러분. 이제 이 일은 제가 맡게 된 것 같군요.

신비한 동물들과
그린델왈드의 범죄

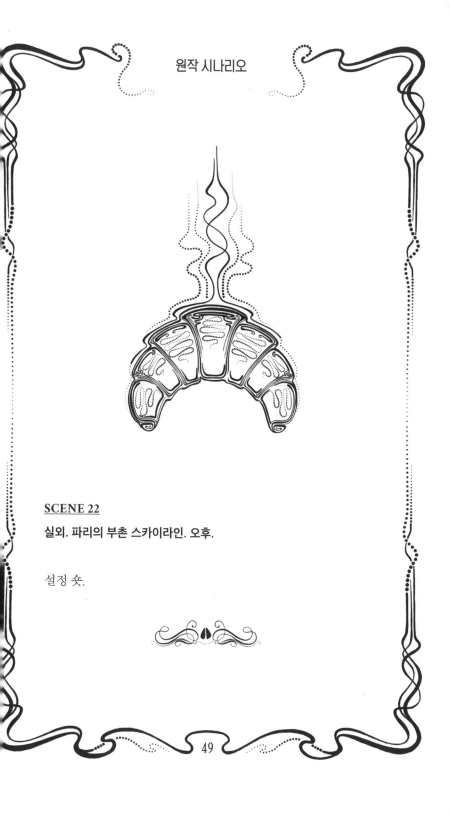

SCENE 22

실외. 파리의 부촌 스카이라인. 오후.

설정 숏.

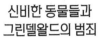
SCENE 23
실외. 19세기풍 파리 주택들이 늘어선 고풍스러운 거리. 오후.

그린델왈드와 추종자들이 거리에 서 있다. 그린델왈드가 눈에 띄게 근사한 집 한 채를 지팡이로 겨눈다.

덜커덕거리는 소리가 장의용 마차의 도착을 알린다.

나글, 크랄, 캐로우, 애버내시, 크래프트, 로지어(여성), 맥더프가 현관문으로 다가간다. 크랄이 지팡이로 문을 연다. 추종자들이 안으로 들어간다.

>   파리 남자(O.S.)
>   세리(여보)?

>   파리 여자(O.S.)
>   (걱정스러운 목소리로)
>   키 에 라(누구지)?

거리를 둘러보는 그린델왈드. 지팡이로 보도를 툭툭 두드리며 침착하게 기다린다.

초록색 섬광이 번쩍한다. 살인 주문의 표시다. 다시 문이 열리고,

검은 관 두 개가 나온다. 나글과 크래프트가 관들을 마차에 싣고, 그린델왈드가 그 모습을 지켜본다.

SCENE 24
실내. 그린델왈드의 은신처 거실. 오후.

그린델왈드가 방금 자신이 살해한 상류층 가족의 고상한 물건들을 살펴본다.

> 그린델왈드
> 좋아. 싹 치우고 나면 쓸 만하겠어.
> (나글에게)
> 당장 그 서커스단을 찾아가. 크레덴스에게 메모를 전하고 움직이게 해.

나글이 고개를 끄덕이고 나간다.

> 로지어
> 우리가 이기면 도처에서 수백만 명의 사람들이 빠져나가겠죠. 그들의 시대는 끝났어요.

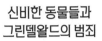
그린델왈드

그런 얘기를 그렇게 대놓고 하면 안 돼. 우리는 그저
자유를 원할 뿐이야. 당당하게 살 수 있는 자유.

로지어

비마법사들을 모조리 없애 버릴 수 있는 자유도요.

그린델왈드

다는 아니야. 모조리 없애면 안 되지. 우리가 그렇게
무자비한 사람들인가? 일 시킬 가축은 남겨 둬야지.

집 안 어디선가 어린아이의 소리가 들린다.

SCENE 25
실내. 그린델왈드의 은신처, 아이 방. 오후.

그린델왈드가 들어온다. 사내아이가 어리둥절한 표정으로 올려
다본다. 그린델왈드가 잠시 아이를 바라보다가 캐로우에게 고갯
짓을 하고 돌아서서 방을 나간다.

그린델왈드가 문을 닫는 순간 또 한 번 초록색 섬광이 번쩍인다.

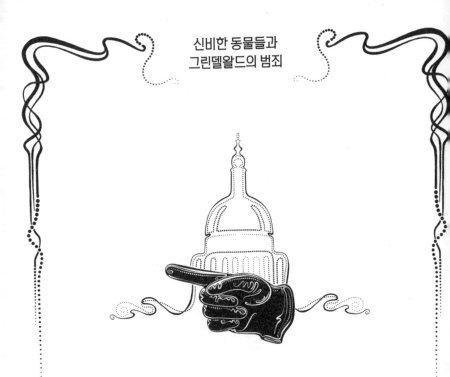

SCENE 26

실외. 런던의 뒷골목. 저녁.

뉴트가 순간이동으로 나타나 성큼성큼 걸음을 옮긴다. 하늘에서
점점 먹구름이 짙어진다. 잠시 후 오러 스테빈스가 몇 미터 뒤에
순간이동해 나타난다. 두 사람은 한 시간째 이렇게 쫓고 쫓기는
게임을 벌이는 중이다. 뉴트가 모퉁이를 돌아 더 컴컴한 골목으
로 들어간 뒤 바깥을 내다보며 지팡이로 스테빈스를 겨눈다.

뉴트
(낮은 소리로)
벤투스.

스테빈스가 즉시 회오리바람에 휩쓸린다. 그의 모자가 날아가자 지나가던 머글들이 의아해하면서도 재미있다는 듯이 바라본다. 스테빈스는 바람에 휩쓸려 나아가지 못한다.

여전히 어둑한 골목 벽에 붙어 서서 슬며시 미소 지으며 고개를 돌리는 뉴트. 그의 앞에 공중에 뜬 검은 장갑 한 짝이 나타난다. 뉴트가 무표정한 얼굴로 장갑을 바라본다. 장갑이 살짝 흔들거리며 먼 곳을 가리킨다. 뉴트가 장갑이 가리키는 곳을 본다. 세인트 폴 대성당의 높은 돔형 지붕 위에서 팔을 올리고 서 있는 사람의 형상이 작게 보인다.

뉴트가 다시 고개를 돌리자 장갑이 악수하는 시늉을 한다. 뉴트가 장갑을 붙잡자, 뉴트와 장갑이 함께 순간이동해 사라지더니…

SCENE 27
실외. 세인트폴 대성당의 돔. 저녁.

…다시 나타난다. 뉴트의 옆에 적갈색 머리칼과 수염이 하얗게 세기 시작한, 마흔다섯 살의 멋쟁이 마법사가 서 있다. 뉴트가 장갑을 돌려준다.

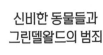
뉴트

덤블도어 교수님.

(즐거워하며)

이렇게 눈에 띄는 지붕이 아니면 갈 데가 없었나 봐
요?

덤블도어

(도시를 바라보며)

경치가 좋잖아. 네불러스.

런던 위에 소용돌이치는 안개가 내려앉는다.

두 사람이 순간이동해 사라진다.

SCENE 28
실외. 트래펄가 광장. 저녁.

덤블도어와 뉴트가 순간이동으로 나타나 거대한 랜시어 사자 석
상들을 지나간다. 어둑한 하늘이 점점 흉흉해진다. 두 사람이 다
가오자 비둘기 떼가 허공으로 날아오른다.

덤블도어

어땠어?

뉴트

아직도 교수님이 저를 뉴욕으로 보냈다고 확신하고
있던데요.

덤블도어

아니라고 했어?

뉴트

네. 보내신 게 맞지만요.

잠시 정적이 흐른다. 속을 알 수 없는 덤블도어. 뉴트는 대답을
듣고 싶다.

뉴트

저한테 밀매된 천둥새 얘기를 하신 거요, 제가 녀석을
고향에 데려다주리라는 걸 알고 하신 거였죠? 제가
머글 항구를 통해 녀석을 데려가야 한다는 사실도 아
셨을 테고요.

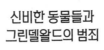

덤블도어

나는 예전부터 크고 신비로운 새들에게 끌렸어. 우리
집안에는 가문의 누군가가 절박한 상황에 처하면 불
사조가 도우러 온다는 이야기가 있거든. 내 고조부님
에게 불사조가 한 마리 있었는데, 돌아가시고 나서 어
디론가 날아가더니 돌아오지 않았대.

뉴트

외람되지만, 그런 이유로 저한테 천둥새 얘기를 하신
게 아니라는 거 알아요.

뒤에서 인기척이 들린다. 어둠 속에 웬 남자의 윤곽이 나타난다.
두 사람은 순간이동으로 사라진다….

SCENE 29
실외. 빅토리아 버스 터미널. 저녁.

근처에서 들려오는 발소리. 덤블도어와 뉴트가 지팡이를 준비하
지만 발소리는 금세 사라진다. 두 사람은 계속 걸음을 옮긴다.

원작 시나리오

덤블도어

크레덴스가 파리에 있어, 뉴트. 자기 가족을 찾고 있
지. 그 친구가 누구인지, 소문 들었지?

뉴트

아뇨.

덤블도어와 뉴트가 정차해 있는 버스에 올라탄다.

덤블도어

순혈 마법사들은 그 애가 프랑스 유력 가문의 후손이
라고 생각해. 모두가 잃어버렸다고 생각한….

두 사람은 눈길을 주고받는다. 놀라는 뉴트.

뉴트

리타 동생 말예요?

덤블도어

사람들이 수군대기로는 그래. 순혈이든 아니든 이거
하나는 확실해. 옵스큐러스는 사랑 받지 못한 사람에
게 붙지. 어둠의 쌍둥이로, 유일한 친구로 말이야. 만
약 그 자리를 메워 줄 친형제나 친누이가 있다면 크

레덴스는 벗어날 수 있을지도 몰라.

(잠시 뜸을 들인 뒤)

크레덴스가 파리에 있다면 그 자신에게나 다른 사람
들에게나 위험해. 아직은 그 애가 누구인지 알지 못하
지만 어쨌든 찾아야 해. 자네가 그 애를 찾았으면 좋
겠어.

덤블도어가 니콜라스 플라멜의 명함을 띄워 뉴트에게 건넨다. 수
상쩍게 바라보는 뉴트.

뉴트

뭐예요?

덤블도어

아주 오래된 내 지인의 주소야. 파리에서 안전하게 머
물 수 있는 은신처지. 마법이 걸려 있기도 하고.

뉴트

은신처? 저한테 왜 파리의 은신처가 필요하죠?

덤블도어

필요 없다면 좋겠지만 혹시라도 문제가 생기면 갈 곳
이 있는 것도 나쁘지 않잖아. 가서 차라도 한잔해.

뉴트

아뇨. 안 해요. 절대로 안 할 거예요.

SCENE 30
실외. 램버스 다리. 밤

두 사람이 순간이동으로 다리 위에 나타난다.

뉴트

저는 출국이 금지됐어요, 교수님. 해외에 나갔다가 들
키면 아즈카반에 갇혀 평생 못 나온다고요.

덤블도어가 멈춰 선다.

덤블도어

내가 왜 자네를 높이 평가하는지 아나, 뉴트? 나는 자
네를 누구보다도 높게 평가하거든. 왜 그런 줄 알아?
(뉴트의 놀란 얼굴에서 시선을 떼며)
권력이나 명성에 연연하지 않아서야. 그저 옳은 일인
지만 따져 보고, 만약 그렇다면 어떤 대가를 치르든
하려고 들지.

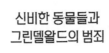
덤블도어가 다시 걸음을 옮긴다.

> 뉴트
> 다 좋은데요, 교수님, 외람되지만 직접 가셔도 되잖아
> 요?

둘 다 멈춰 선다.

> 덤블도어
> 나는 그린델왈드와 맞설 수 없어. 자네가 해야 해.
> (잠시 후)
> 그래, 나도 이해해. 내가 자네였어도 거절했을 거야.
> 늦었군. 잘 가게, 뉴트.

덤블도어가 순간이동해 사라진다.

> 뉴트
> 미쳐!

덤블도어의 장갑 한 짝이 다시 허공에 나타나더니 은신처의 주소
가 적힌 명함을 뉴트의 윗주머니에 꽂아 준다.

원작 시나리오

뉴트

(짜증 내며)

교수님.

신비한 동물들과
그린델왈드의 범죄

SCENE 31
실외. 뉴트의 집 앞 거리. 밤.

설정 숏. 평범한 빅토리아풍 노란 벽돌집들이 늘어선 거리. 빗방울이 떨어지기 시작한다. 서둘러 계단을 오른 뉴트가 현관 앞에 잠시 멈춰 선다. 거실 불빛이 깜박거리고 있다.

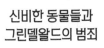
SCENE 32

실내. 뉴트의 집. 밤.

조심스럽게 현관문을 여는 뉴트. 새끼 니플러가 탁상 등의 놋쇠 줄에 매달려 몸을 흔들며 불을 껐다 껐다 하고 있다. 녀석은 결국 놋쇠 줄을 훔치고서야 뉴트를 발견한다. 그러고는 온갖 물건을 바닥으로 떨어뜨리며 도망친다.

뉴트가 접시저울 위에 올라앉아 있는 또 다른 새끼 니플러를 발견한다. 금빛 추를 훔치려고 낑낑대며 꼼짝 못 하고 있다.

첫 번째 새끼 니플러가 식탁에 이르자 뉴트가 냄비를 뒤집어 녀석을 덮는다. 냄비가 계속해서 식탁 위를 가로지른다. 뉴트가 두 번째 새끼 니플러가 앉아 있는 저울의 반대편 접시에 사과 하나를 던진다. 새끼 니플러가 허공으로 튀어 오른다. 뉴트가 떨어지는 새끼 니플러 두 마리를 모두 받아 주머니에 넣는다.

흡족해하는 뉴트. 지하실 문으로 걸어가다가 마지막으로 뒤를 돌아본다. 탈출한 세 번째 새끼 니플러가 조리대 위 샴페인 병을 기어오르고 있다. 피할 수 없는 일인 듯 샴페인 병이 펑 열린다. 새끼 니플러가 코르크 마개를 타고 뉴트에게로 쌩 날아오더니 그를 지나쳐 지하실로 내려간다.

원작 시나리오

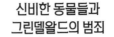

신비한 동물들과
그린델왈드의 범죄

SCENE 33
실내. 뉴트의 집 지하 동물원. 잠시 후. 밤.

이곳은 마법 동물들을 위한 커다란 병원이다.

> 뉴트
> 번티! 번티! 번티, 아기 니플러들이 또 도망쳤어요!
> (니플러들에게)
> 요 녀석들!

뉴트의 조수 번티가 황급히 화면 안으로 들어온다. 번티는 동물
이라면 껌뻑 죽고, 게다가 뉴트를 깊이 흠모하는 수수한 처자다.
번티가 반창고 감은 손으로 니플러들을 떼어 낸다.

번티가 샴페인의 코르크 마개를 타고 날아온 마지막 새끼 니플러
를 금목걸이로 유인한 뒤, 반짝이는 물건들이 가득한 우리에 세

마리를 모두 넣는다.

> 뉴트
> 잘했어요.

> 번티
> 죄송해요, 뉴트. 어거레이들을 씻기는 사이에 문을 따
> 고 나간 모양이에요….

> 뉴트
> 괜찮아요.

뉴트와 번티가 함께 동물 우리들 사이를 걷는다.

> 번티
> 음… 사료는 거의 다 줬고 핀키는 코감기 약 먹었어
> 요. 그리고….

> 뉴트
> …엘시는요?

> 번티
> 엘시의 변도 거의 정상으로 돌아왔어요.

뉴트

잘됐네요. 그만 퇴근해요….

(번티의 손을 보고)

켈피는 나한테 맡기라니까요.

번티

상처에 연고를 더 발라 줘야 해요.

뉴트

그러다가 손가락 잘릴 수도 있어요.

뉴트가 검은 연못으로 걸어가자 번티가 그의 뒤를 총총 따라간
다. 뉴트가 자신을 걱정해 주다니 감격스럽다.

뉴트

괜찮으니까 어서 집에 가요, 번티. 피곤할 텐데.

번티

켈피는 제가 좀 거들어야 수월하잖아요.

두 사람은 검은 연못으로 다가간다. 뉴트가 옆에 걸어 놓은 굴레
를 내린다.

70

번티
(기대하며)
셔츠도 벗으셔야죠?

뉴트
(눈치 없이)
괜찮아요. 금방 말릴 수 있어요.

뉴트가 미소 지으며 뒤로 껑충 뛰어 물속으로 들어간다. 거대한 말 귀신 같은 켈피가 불쑥 나타나 뉴트를 익사시키려 한다. 뉴트가 켈피의 목을 감아쥐고, 몸부림치는 켈피의 등에 간신히 올라 탄다.

켈피가 뉴트를 매단 채 물속으로 더욱 깊숙이 들어간다. 번티가 몹시 걱정하며 기다린다.

쏴아! 뉴트가 다시 물 위로 올라온다. 켈피에게 굴레가 씌워져 있다. 이제 켈피는 온순하게 갈기를 흔든다. 번티가 젖은 셔츠를 입고 있는 뉴트에게서 눈을 떼지 못한다.

뉴트
화를 풀 데가 필요했던 모양이에요. 연고 좀 줄래요, 번티?

번티가 연고를 건넨다. 뉴트가 여전히 켈피의 등에 탄 채로 녀석의 목에 난 상처에 연고를 바른다.

> 뉴트
> 번티를 또 물면 혼날 줄 알아, 이 녀석.

뉴트가 켈피의 등에서 내려오는 순간, 위층에서 요란한 소리가 들린다. 뉴트와 번티 모두 위쪽을 본다.

> 번티
> (기겁하며)
> 뭐죠?

> 뉴트
> 글쎄요. 어쨌든 그만 퇴근해요, 번티.

> 번티
> 마법부에 연락할까요?

> 뉴트
> 아뇨, 퇴근해요. 어서.

SCENE 34
실내. 뉴트의 집 계단. 잠시 후. 밤.

뉴트가 만일에 대비해 지팡이를 꺼내 들고 조심스럽게 지하실에서 거실로 이어지는 계단을 올라간다. 그러고는 문을 밀어 연다.

SCENE 35
실내. 뉴트의 집 거실. 밤.

검소하고 소박한 독신남의 거주 공간. 뉴트의 진짜 삶은 지하실에 있다.

제이콥 코왈스키와 퀴니 골드스틴이 거실 한가운데에 서 있고, 그들 옆에 여행 가방이 놓여 있다. 어딘지 초조하고 들떠 있는 퀴니와 술에 취한 듯 산만하고 정신없는 제이콥. 그는 방금 자신이 깨뜨린 뉴트의 화병 조각들을 들고 있다.

> 퀴니
> 그거 이리 줘⋯. 이리 달라고, 자기. 어서 이리 줘.
> (속삭이며)
> 이리 달라니까, 자기. 어머!

제이콥

(뉴트를 보며)

저 친구는 상관 안 할 거야. 그냥 둬.

뉴트

저….

제이콥

(우렁차게)

이야! **뉴트**! 이리 와, 이 미친 친구.

제이콥이 두 팔로 뉴트를 와락 안는다. 기뻐하면서도 조금 당황
하는 뉴트.

퀴니

허락도 없이 들어왔네요. 괜찮죠, 뉴트? 밖에 비가 엄
청 쏟아져요! 런던은 춥네요!

뉴트

(제이콥에게)

기억을 다 지웠는데!

원작 시나리오

제이콥
그랬지!

뉴트
그런데… 어떻게….

제이콥
그게 안 먹혔어, 친구. 그때 뉴트가 그랬잖아. 그 약은 나쁜 기억만 지운다고. 나쁜 기억은 하나도 없었거든. 아아, 오해하지는 마. 좀 괴기한 기억은 있었지. 그런 데 이 천사가… 여기 이 천사가 다 얘기해 줬어. 그래 서 결국 이렇게 됐다니까!

뉴트
(과장되게 기뻐하며)
잘됐네요!

주위를 둘러보는 뉴트. 틀림없이 티나도 왔으리라 생각한다.

뉴트
어… 티나? 티나?

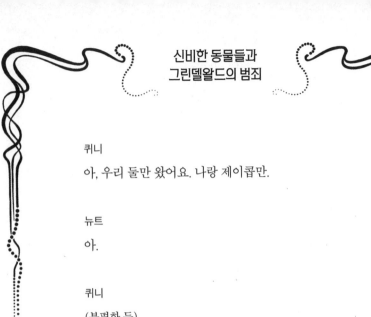

퀴니

아, 우리 둘만 왔어요. 나랑 제이콥만.

뉴트

아.

퀴니

(불편한 듯)

내가 저녁 좀 차릴까?

제이콥

좋지!

원작 시나리오

77

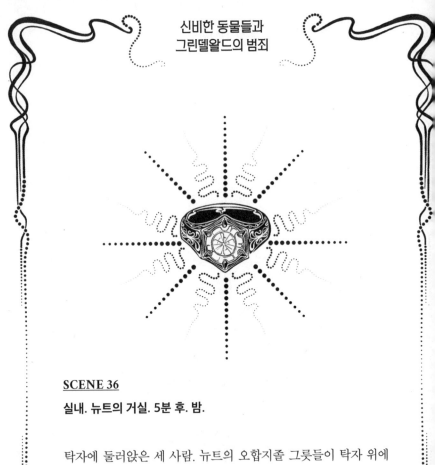

SCENE 36
실내. 뉴트의 거실. 5분 후. 밤.

탁자에 둘러앉은 세 사람. 뉴트의 오합지졸 그릇들이 탁자 위에
차려져 있다. 티나의 부재가 분위기를 무겁게 짓누른다. 퀴니의
가방이 소파 위에 열린 채로 놓여 있다.

> 퀴니
> 언니랑 나, 연락 안 해요.

> 뉴트
> 왜요?

원작 시나리오

제이콥의 시점—기분 좋게 취한 듯 모든 것이 분홍빛으로 뒤덮여 희끄무레하게 보인다.

> 퀴니
> 그게, 나랑 제이콥이 사귀는 걸 알고 반대했거든요.
> (손으로 따옴표 표시를 하며)
> 어찌나 "법"을 들먹이던지. 노마지와 연애하면 안 된다, 노마지와 결혼하면 안 된다, 어쩌고저쩌고. 사실 언니가 좀 예민하기도 했어요. 뉴트 때문에.

> 뉴트
> 저 때문에요?

> 퀴니
> 그래요, 뉴트.《스펠바운드》에 기사가 났거든요. 보여 주려고 가져왔어요.

퀴니가 지팡이로 자기 가방을 겨눈다.《스펠바운드: 유명인들의 비밀과 스타들의 마법 비법!》이라는 마법사 연예 잡지가 그녀에게로 날아온다. 미화된 뉴트와 작위적으로 환하게 웃고 있는 니플러의 사진이 표지에 실려 있다. 〈야수 조련사 뉴트 결혼 임박!〉

퀴니가 잡지를 펼친다. 뉴트의 출판 기념회에서 테세우스와 리타, 뉴트, 번티가 나란히 서 있는 사진이 실려 있다.

퀴니
(뉴트에게 보여 주며)
"뉴트 스캐맨더와 약혼녀 리타 레스트랭, 형 테세우
스, 그리고 미지의 여인과 함께."

뉴트
아니에요. 리타와 결혼하는 사람은 테세우스 형이에
요. 내가 아니라.

퀴니
어머! 어쩌나…. 사실 티나 언니가 이 기사를 읽고 딴
남자를 만나기 시작했거든요. 오러예요. 이름은 아킬
레스 톨리버.

정적. 이윽고 뉴트가 제이콥이 조금 이상하다는 사실을 알아차린
다. 음식을 마구 흘리고, 혼자 콧노래를 흥얼거리고, 소금을 물인
듯 들이켜려 한다. 퀴니가 소금을 빼앗고 손에 유리잔을 쥐여 주
며 애써 수상한 모습을 감추려 한다.

퀴니
어쨌든… 여기 오니까 정말 신나네요, 뉴트. 우린…

사실 우리한테는 특별한 여행이거든요. 제이콥이랑
나, 우리 결혼해요.

퀴니가 뉴트에게 약혼반지를 보여 준다. 제이콥은 건배하려고 잔
을 들더니 맥주를 자기 귀에 부어 버린다.

제이콥
나 제이콥이랑 결혼해!

뉴트가 이제 상황을 확실히 파악하고 퀴니를 노려본다.

뉴트(V.O.)
(속으로)
제이콥에게 마법을 걸었군요, 그렇죠?

퀴니
(뉴트의 마음을 읽고)
네? 아니에요.

뉴트
내 마음 읽지 마세요.
(속으로)
퀴니, 원치 않는 제이콥을 억지로 데려온 거잖아요.

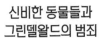

퀴니

어머, 그건 억측이에요. 보세요. 제이콥이 얼마나 좋
아하는지. 이렇게 기분이 좋잖아요!

뉴트

(지팡이를 꺼내며)

그럼 내가 이렇게 해도….

퀴니가 벌떡 일어나 제이콥의 앞을 가로막는다.

퀴니

안 돼요!

뉴트

퀴니, 제이콥도 결혼을 원한다면 겁낼 것 없잖아요.
마법을 풀고 제이콥에게 직접 들어 보죠.

잠시 괴로운 분위기가 이어진다. 결국 퀴니가 옆으로 비켜선다.

제이콥

뭐 하는 거야? 무얼 하려고? 왜 그러고 있지, 스캐맨
더 씨?

원작 시나리오

> 뉴트
> 서지토.

찬물 세례를 맞은 듯 반응하는 제이콥. 퍼뜩 정신을 차리고 주위를 둘러보고는 뉴트를 본다.

> 뉴트
> 약혼 축하해요, 제이콥.

> 제이콥
> 잠깐, 뭐라고?

뉴트가 퀴니를 본다.

> 제이콥
> 이런.

제이콥이 자기도 모르게 끌려왔다는 사실을 깨닫는다. 천천히 일어나 퀴니를 마주하는 제이콥.

퀴니가 그의 마음을 읽는다. 그러고는 흐느끼며 달려가 (립스틱 하나와 찢어진 엽서 한 조각 등 작은 잡동사니 몇 개를 떨어뜨리며) 자기 가방을 닫고 뉴트의 집에서 나간다.

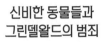
제이콥

퀴니!

(뉴트를 돌아보며)

정말 반가웠어요. 그런데 여기가 어디죠?

뉴트

어, 런던요.

제이콥

(탄식하며)

아! 내가 얼마나 와 보고 싶었는데!

(화내며)

퀴니!

제이콥이 퀴니를 따라 달려 나간다.

SCENE 37

실외. 뉴트의 집 앞 거리. 잠시 후. 밤.

퀴니가 울면서 뉴트의 집에서 달려 나와 거리를 걸어간다. 제이콥이 씩씩거리며 퀴니를 따라 달려온다.

> 제이콥
>
> 퀴니, 잠깐. 정말 궁금해서 그러는데 마법을 언제 풀어 줄 생각이었어? 애를 다섯쯤 낳고?

퀴니가 돌아서서 제이콥과 마주한다.

> 퀴니
>
> 자기랑 결혼하려는 게 그렇게 잘못이야?

> 제이콥
>
> 진정해….

> 퀴니
>
> 가정을 꾸리려는 게 그렇게 잘못이냐고? 그냥 남들처럼 살고 싶은 것뿐인데.

제이콥

잠깐, 들어 봐. 이 얘기는 벌써 백만 번쯤 했잖아. 우리가 결혼했다가 들키면 자기는 감옥행이야. 난 그렇게 둘 수 없어. 그쪽 세계에서는 나 같은 사람이 자기 같은 사람이랑 결혼하는 걸 싫어한다고. 나는 마법사가 아니야. 나는 그냥 나야.

퀴니

여기 사람들은 아주 개방적이래. 그러니까 우리가 결혼할 방법이 있을 거야.

퀴니가 손짓으로 거리를 가리킨다.

제이콥

자기, 나한테는 마법을 걸지 않아도 돼. 나는 이미 마법에 걸렸으니까! 내가 자기를 얼마나 사랑하는데.

퀴니

정말?

제이콥

그럼. 하지만 자기를 위험에 빠뜨릴 수는 없어. 어떻게 할 도리가 없다고.

퀴니

나도 도리가 없었어. 둘 중 하나는 용기를 내야 했고,
자기는 겁쟁이처럼 굴었잖아.

제이콥

내가 겁쟁이라고? 내가 겁쟁이면 자기는….

퀴니가 그의 마음을 읽는다.

퀴니

…미쳤다고!

퀴니가 반응한다. 제이콥은 퀴니가 자기 속마음을 '들었음'을 알
아차린다.

제이콥

난 아무 말 안 했어….

퀴니

그럴 필요도 없었어.

제이콥

아니야. 진심이 아니었어, 자기.

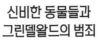

퀴니
진심이었어.

제이콥
아니라니까.

퀴니
난 언니한테 갈래.

제이콥
좋아. 언니한테 가.

퀴니
좋아.

퀴니가 순간이동해 사라진다.

제이콥
아냐, 잠깐! 가지 마! 퀴니! 진심이 아니었어. 난 아무
말 안 했다고.

그러나 제이콥은 홀로 거리에 남는다.

SCENE 38
실내. 뉴트의 집. 잠시 후. 밤.

뉴트가 참담한 눈으로 찢어진 엽서 조각을 보다가, 엽서를 집어
들기 위해 움직이며 지팡이를 겨눈다.

　　　뉴트
　　　파피루스 레파로.

찢어진 엽서가 복원된다. 파리의 사진이 보인다.

엽서의 내용이 화면에 나타난다.

　　　티나 (V.O.)
　　　퀴니에게,
　　　여긴 정말 아름다운 도시야.
　　　네가 보고 싶다.
　　　사랑을 담아, 티나.

신비한 동물들과
그린델왈드의 범죄

SCENE 39
실내. 뉴트의 지하 동물원. 밤.

안으로 들어오는 제이콥이 클로즈 온된다. 제이콥은 문을 밀어 열고 안을 둘러본다. 한 시간 동안 거리를 헤맨 탓에 흠뻑 젖었다. 뉴트는 보이지 않는다.

　　제이콥
　　뉴트?

　　뉴트(O.S.)
　　여기 밑에 있어요, 제이콥. 금방 갈게요.

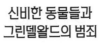
제이콥이 동물원 안을 들여다본다. 켈피가 사는 검은 연못가에 뉴트가 번티에게 남긴 메모가 붙어 있다. "번티, 내가 올 때까지 건드리지 마요." 제이콥이 걸음을 옮긴다.

제이콥이 지나가자 어거레이가 그를 향해 구슬프게 울어 댄다.

> 제이콥
> 나도 힘들거든.

> 뉴트(O.S.)
> 안 돼, 안 돼. 어서 들어가. 옳지. 자자, 기다려.

어거레이 우리에 메모가 붙어 있다. "번티, 패트릭에게 먹이 주는 거 잊지 마요." 제이콥이 기척을 듣고 방향을 돌려 부리에 붕대를 감은 채 자고 있는 그리핀을 지나간다. "번티, 붕대를 매일 갈아 줘요."

니플러 둥지 옆에 뉴트의 가방이 놓여 있다. 신문에서 오려 낸, 티나의 커다란 움직이는 사진이 뚜껑 안쪽에 붙어 있다.

뉴트가 외투를 걸치며 모퉁이를 돌아 나온다.

뉴트

퀴니가 엽서를 두고 갔어요. 티나가 파리에서 크레덴
스를 찾고 있는 모양이에요.

제이콥

좋았어. 퀴니가 티나한테 간다고 했거든요.
(기쁨에 벅차)
자, 어서 프랑스로 갑시다, 친구! 잠깐만요, 재킷 가져
올게요.

뉴트

내가 할게요.

뉴트가 벌써 천장에 지팡이를 겨누고 있다. 제이콥의 외투와 모
자, 여행 가방이 그의 앞에 떨어진다. 제이콥에게 열풍 마법이 불
어와 비에 흠뻑 젖은 그의 옷을 말려 준다.

제이콥

(감탄하며)
와. 멋진데.

두 사람은 떠난다. 메모가 클로즈 온된다. "번티, 파리에 가요. 니
플러들 데려갈게요, 뉴트."

신비한 동물들과
그린델왈드의 범죄

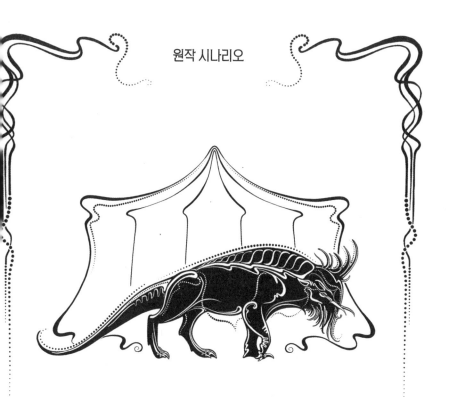

<u>SCENE 40</u>

실외. 플라스 카셰, 파리. 밤.

별이 빛나는 맑은 밤. 오로로 복직한 티나 골드스틴이 임무를 수행 중이다. 뉴욕에서보다 더 기품 있고 자신감 넘치는 모습이지만 남모를 슬픔이 엿보인다. 티나가 높은 석조 받침 위에 올라앉은 드레스 입은 여성의 동상을 향해 걸어간다. 머글 옷을 입은 마법사들이 이 동상 밑으로 사라지고 있다.

SCENE 41
실외. 플라스 카셰. 아르카누스 서커스. 밤.

음악과 웃음, 대화 소리가 티나를 에워싼다. 서커스가 한창이다. "아르카누스 서커스: 기상천외 쇼!"라고 적힌 현수막이 펄럭인다. 한가운데에 대형 천막이 있고 주위에 작은 천막들이 늘어서 있다.

티나가 걸음을 옮기며 노천의 거리 공연가들을 살펴본다. 혼혈 트롤이 힘을 과시하고, 짓눌린 인간 형상의 존재와 기형적 존재들이 발을 끌며 관중에게서 돈을 걷고 있다. 이들은 마법사 집안에서 태어났지만 마법을 쓰지 못하는 '언더빙'들이다. 누구는 모자로 뿔을 가렸고 또 누구는 후드로 기이한 눈을 가렸다. 혼혈 집요정과 혼혈 도깨비 들이 저글링을 하고 공중제비를 넘는다.

긴 깃털 꼬리를 가진 고양이처럼 생긴 크고 장엄한 중국 괴물 조우우가 우리 안에 갇혀 있다. 하늘에서 폭죽들이 터진다.

SCENE 42
실내. 아르카누스 서커스, 서커스 단원들의 천막. 저녁.

내기니가 여행 가방 앞에 무릎 꿇고 앉아 자신의 서커스 의상을
어루만진다. 공연이 임박한 듯 보인다. 크레덴스가 급하게 찾아
온다.

> 크레덴스
> (속삭이는 소리로)
> 내기니!

내기니가 돌아본다.

> 내기니
> 크레덴스.

크레덴스가 내기니에게 메모를 건넨다. 내기니가 훑어보며 인상
을 쓴다.

> 크레덴스
> (속삭이는 소리로)
> 엄마를 찾은 것 같아.

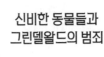

내기니가 시선을 들어 크레덴스와 눈을 맞춘다.

> 크레덴스
> 오늘 밤에 도망치자.

이때 천막 안으로 스켄더가 들어온다.

> 스켄더
> 이봐, 애한테 접근하지 말라고 했잖아. 그리고 누가
> 쉬래? 가서 갓파나 씻겨.

스켄더가 크레덴스와 내기니 사이에 휘장을 친다.

> 스켄더
> (내기니에게)
> 넌 어서 준비해!

크레덴스가 돌아서며 파이어드레이크들이 가득한 새장을 올려
다본다.

원작 시나리오

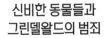

SCENE 43

실내. 아르카누스 서커스, 대형 천막. 밤.

스켄더가 철창이 둘러쳐진 원형 무대 옆에 서 있다. 그의 주위를
에워싼 구경꾼들. 많은 이들이 술에 취했다.

> 스켄더
> 우리의 기상천외 쇼 다음 주인공은 말레딕터스입니
> 다!

스켄더가 휘장을 열어젖힌다. 뱀 가죽 무늬 드레스를 입은 내기
니가 서 있다. 남자들이 휘파람을 불고 야유를 보낸다.

스켄더

인도네시아 밀림에서 데려왔죠. 저 몸에는 저주받은
피가 흐릅니다. 결국엔 영원히 짐승으로 변하는 끔찍
한 운명을 타고난 언더빙이죠.

티나가 구경꾼들 뒤쪽을 돌며 크레덴스를 찾는다.

대형 천막의 다른 어딘가, 말쑥한 정장 차림을 한 프랑스 흑인 유
서프 카마가 스켄더가 아닌 관중을 훑어보고 있다. 그의 페도라
에 둘러진 띠에 검은 깃털이 꽂혀 있다.

스켄더

하지만 보십시오. 정말 아름답지 않습니까? 너무도
매혹적이죠⋯. 그러나 곧 지금과는 완전히 다른 육신
에 영원히 갇히게 됩니다. 신사 숙녀 여러분, 이 여인
은 매일 밤 잠자리에 들 때면 이런 모습으로 변합니
다⋯.

아무 일도 일어나지 않는다. 관중이 스켄더에게 야유를 보낸다.
내기니가 증오에 찬 얼굴로 스켄더를 본다.

스켄더

이런 모습으로 변합니다⋯.

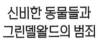
대형 천막에서 멀찍이 떨어져 있는 크레덴스와 내기니의 시선이
마주친다.

카메라가 티나를 비춘다. 그녀는 크레덴스를 발견했다. 사람들의
시선을 피하며 조심조심 그에게로 걸음을 옮긴다.

카메라가 카마를 비춘다. 그 역시 크레덴스에게로 가고 있다.

> 스켄더
> 이런 모습으로 변합니다….

스켄더가 창살을 후려친다. 내기니가 눈을 감고 천천히 녹아내리
듯 똬리를 튼다.

> 스켄더
> 결국 이 여인은 본래 모습으로 돌아오지 못하고 영원
> 히 뱀의 육신에 갇히게 되죠.

그 순간 내기니가 창살 사이로 스켄더를 공격하며 파셀텅으로 소
리친다. 스켄더는 피를 흘리며 쓰러진다. 천막 안쪽에서 크레덴
스가 파이어드레이크 우리를 부수자, 파이어드레이크들이 자유
를 찾아 마치 폭죽처럼 날아오른다. 대형 천막에 불이 붙는다. 사
람들이 겁에 질려 소리치며 빠져나가려고 엎치락뒤치락한다.

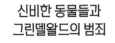

SCENE 44
실외. 아르카누스 서커스, 대형 천막. 밤.

대형 천막이 불타고 있다. 파이어드레이크들이 천막 위 하늘을
수놓으며 불똥을 쏟아 내고, 동물들이 불길에 겁을 먹고 날뛴다.
히포그리프가 앞다리를 올리고 일어섰다가 쿵 내려오고, 조련사
들은 제압하려고 애쓴다. 사방에서 공연자들이 서둘러 짐을 챙기
고, 요정들은 상자 안에 들어가 뚜껑을 닫는다. 상자들이 점점 작
게 접힌다.

티나가 순간이동으로 나타나 지팡이를 휙 움직여 불을 끈다.

조우우 우리가 불타며 위태롭게 흔들리고, 그 안에 있는 괴물이
포효한다. 폭발하듯 솟구쳐 나오는 조우우. 코끼리처럼 커다란
몸집에 비단뱀처럼 긴 꼬리를 가진 거대한 오색 고양이다. 그동

안 참혹한 학대에 시달린 탓에 얼굴은 흉터투성이고, 영양 상태가 좋지 않으며, 다리를 절뚝거린다. 조우우가 겁에 질려 날뛴다.

티나가 저 멀리 있는 크레덴스를 발견한다.

> 티나
> 크레덴스!

조우우가 절뚝거리며 온 힘을 다해 어둠 속으로 사라진다. 스켄더는 조우우를 포기할 수밖에 없다. 스켄더가 달려가서 자기 단원들을 들볶는다.

> 스켄더
> 짐 싸! 이제 파리는 접는다.

스켄더가 지팡이로 천막을 겨눠 손수건만 하게 줄인 뒤 주머니에 넣는다.

> 티나
> (스켄더에게 다가가며)
> 그 말레딕터스와 도망친 청년에 대해 아는 거 있어
> 요?

스켄더

(얄보는 투로)

엄마를 찾고 있다나. 여기 괴물들이야 전부 자기가 집
에 돌아갈 수 있을 줄 알지. 자, 출발하자고.

스켄더가 마차에 껑충 올라타고, 마법에 의해 상자들이 줄어들어
여행 가방 몇 개로 바뀐다. 스켄더가 덜거덕거리며 밤 속으로 사
라진다.

티나는 혼자 남는다. 잠시 광장에는 아무도 없는 듯하다. 이윽고
티나가 뒤에 있는 카마를 발견한다.

장면 전환:

SCENE 45
실외. 파리의 카페. 밤.

티나와 카마가 야외 테이블에 함께 앉아 있다. 티나는 카마를 경
계한다.

원작 시나리오

티나

우린 같은 이유로 그 서커스에 간 것 같은데, 성함이…?

카마

카마예요. 유서프 카마. 그리고 그쪽 생각이 맞아요.

티나

왜 크레덴스를 찾고 있죠?

카마

역시 같은 이유예요.

티나

그게 뭔데요?

카마

그의 정체를 밝히는 거죠. 소문이 사실이라면 그 애와 나는 완전히 남이라고는 할 수 없거든요. 나는 우리 순혈 가문의 마지막 남자 후손이고… 소문이 사실이라면 그 애도 마찬가지예요.

카마가 주머니에서 《타이코 도도너스의 예언》을 꺼내 그녀의 앞

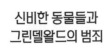

에 감질나게 내보인다.

> 카마
>
> 《타이코 도도너스의 예언》 읽었어요?

> 티나
>
> 네. 하지만 그건 시잖아요. 증거가 될 수 없어요.

> 카마
>
> 좀 더 나은 무언가, 그러니까 그의 정체를 확실하게
> 증명할 수 있는 무언가를 내놓는다면 유럽과 미국의
> 마법부가 그 애를 살려 둘까요?

잠시 정적.

> 티나
>
> 어쩌면요.

> 카마
>
> (고개를 끄덕이며)
> 그럼 가시죠.

카마가 일어서자 티나가 그를 뒤따른다.

SCENE 46
실내. 그린델왈드의 은신처 거실. 밤.

그린델왈드가 번쩍거리는 해골 모양 물담배를 피운 뒤 연기를 내뿜는다. 그의 추종자들이 연기가 옵스큐러스의 형상으로 바뀌어 가는 광경을 지켜본다. 검은 소용돌이 속에서 빨간 빛이 번쩍거리더니 크레덴스의 모습으로 변한다.

모두 흥분하지만 크랄만은 부루퉁하다.

> **그린델왈드**
> 자… 크레덴스 베어본이야. 키워 준 엄마의 손에 끝장 날 뻔했지. 하지만 지금은 자기를 낳아 준 생모를 찾고 있어. 이 아인 가족을 절실히 원해. 사랑을 절실히 원하지. 우리가 이기려면 저 아이가 있어야 해.

> **크랄**
> 이미 어디 있는지 알지 않습니까? 그냥 가서 잡아 오면 되잖아요!

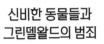

그린델왈드

(크랄에게)

제 발로 와야 해. 그렇게 될 거고.

그린델왈드가 거실 한가운데에 떠 있는 크레덴스의 환영으로 다
시 눈을 돌린다.

그린델왈드

길을 닦아 놨으니 따라오게 되어 있어. 결국 나에게
이르는 길이지. 자신이 누구인지, 그 기막히고도 영광
스러운 진실에 이르는 길이기도 하고.

크랄

저 녀석이 왜 그렇게 중요합니까?

그린델왈드가 크랄에게로 걸어가 마주 선다.

그린델왈드

우리의 대의를 가장 위협하는 자가 누구지?

크랄

알버스 덤블도어죠.

그린델왈드

내가 자네에게 덤블도어가 숨어 있는 학교로 가서 그를 죽이라고 하면 그렇게 할 텐가, 크랄?

(미소 지으며)

크레덴스는 현존하는 자들 가운데… 덤블도어를 죽일 수 있는 유일한 존재야.

크랄

정말 저 아이가 그 위대한… 저 아이가 알버스 덤블도어를 죽일 수 있다고 생각하세요?

그린델왈드

(속삭이며)

틀림없어. 하지만 그렇게 됐을 때 자네가 우리 옆에 있을까, 크랄? 과연 그럴까?

신비한 동물들과
그린델왈드의 범죄

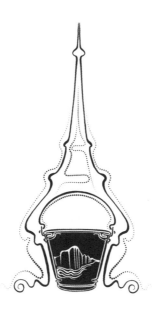

<u>**SCENE 47**</u>

실외. 도버의 화이트클리프. 새벽.

뉴트와 제이콥이 가방을 들고 비치헤드로 걸어가고 있다. 뉴트의
가슴 주머니에서 피켓이 고개를 내밀고 하품한다.

   뉴트

   제이콥, 티나가 만난다는 남자 말예요….

   제이콥

   걱정 마요! 티나는 결국 뉴트한테 돌아간다니까. 우

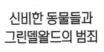
리 넷은 다시 뭉칠 거예요. 예전 뉴욕에서처럼. 걱정
마요.

뉴트
알았어요. 그런데 그 남자가 오러라고 퀴니가 그랬
죠?

제이콥
맞아요. 오러예요. 그게 뭐? 신경 쓰지 말라니까 그러
네.

잠시 정적. 두 사람은 걸음을 옮긴다.

뉴트
티나를 만나면 뭐라고 말해야 할까요?

제이콥
에이, 그런 건 계획하는 게 아니에요. 그냥 그 순간에
떠오르는 대로 얘기해야지.

잠시 침묵. 계속 걷는다.

뉴트

(회상에 젖으며)

티나의 눈은 꼭 살라맨더 같아요.

제이콥

그런 얘긴 하지 마요.

또 잠시 정적. 제이콥은 뉴트를 도와줘야겠다고 결심한다.

제이콥

그러지 말고 그냥 보고 싶었다고 해요. 그래, 그래서 파리까지 찾아왔다고. 그럼 좋아할걸요. 티나를 생각하느라 밤잠을 설쳤다고 해도 좋고요. 어쨌든 살라맨더 얘기는 입도 뻥긋하지 마요. 알았죠?

뉴트

알았어요.

제이콥

자, 자. 잘될 거예요. 내가 있잖아요, 친구. 내가 도와줄게요. 티나도 찾고 퀴니도 찾고, 그럼 우리 모두 다시 행복해질 거예요. 옛날처럼.

제이콥이 벼랑 끝에 서 있는 불길한 형체를 발견한다. 다 해진 검은 가운 차림의 사내다.

제이콥
누구예요?

뉴트
내가 허락 없이 이 나라를 떠날 수 있는 유일한 방책을 가진 사람이에요. 혹시 멀미 안 하죠?

제이콥
배 타면 속이 안 좋긴 한데.

짧은 침묵.

뉴트
괜찮을 거예요.

포트키 암표상
빨리 빨리 와요. 곧 떠나요!

제이콥이 바닥에 놓인 녹슨 양동이를 건성으로 보고 탈것을 찾아 두리번거린다.

포트키 암표상
50갈레온.

뉴트
30이었잖아요.

포트키 암표상
프랑스까지 가는 요금 30, 뉴트 스캐맨더가 불법 출
국한 사실을 숨겨 주는 대가 20.

뉴트가 이를 갈며 돈을 낸다.

포트키 암표상
유명세란 거지, 친구.
(시계를 보며)
10초.

뉴트가 양동이를 집어 들고 제이콥에게 손을 내민다.

뉴트
(제이콥에게)
제이콥.

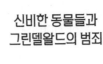
제이콥

아악!

두 사람이 허공으로 빨려 들어간다.

장면 전환:

SCENE 48
실외. 플라스 카셰. 낮.

뉴트와 제이콥이 모퉁이 뒤에서 밖을 내다본다. 드레스 입은 여
인 동상 앞에 프랑스 경찰관이 서 있다. 하얗게 질려 땀을 흘리는
제이콥이 이제야 그 용도를 알게 된 양동이를 여전히 끌어안고
있다.

제이콥

포트키인지 뭔지 난 별로네요, 뉴트.

뉴트
(무심하게)
계속 그 얘기네요. 따라와요.

뉴트가 지팡이로 경찰관을 겨눈다.

> 뉴트
> 컨푼더스.

경찰관이 술 취한 사람처럼 비틀대며 눈을 깜빡이고 고개를 흔들고는, 키득키득 웃으며 어슬렁어슬렁 걸어가더니 지나가는 사람들에게 모자를 들어 올린다. 사람들은 어리둥절해한다.

> 뉴트
> 어서 가요. 마법이 금방 풀릴 거예요.

뉴트가 제이콥을 이끌고 동상을 통과해 파리의 마법 세계로 들어간다. 뉴트가 가방을 내려놓고 지팡이로 거리를 겨눈다.

> 뉴트
> 어파레 베스티지움.

추적 마법이 금빛으로 소용돌이치며 나타나 최근 이 광장에서 행해진 마법 활동들을 보여 준다.

> 뉴트
> 아씨오 니플러!

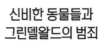

가방이 벌컥 열리고 니플러 한 마리가 튀어나온다.

> 뉴트
> 수색해.

뉴트가 가방 위로 올라가 허공에 나타나는 동물들의 환영을 살피는 사이, 훈련받은 성체 니플러가 킁킁거리며 단서를 찾는다.

> 뉴트
> 갓파잖아. 물속에 사는 일본 요괴인데….

니플러가 킁킁거리며 가물거리는 발자국들을 쫓는다. 녀석이 조우우 앞에 서 있던 티나의 흔적을 찾아낸다.

뉴트가 티나의 환영을 본다.

> 뉴트
> 티나? 티나!
> (니플러에게)
> 무얼 찾은 거야?

뉴트가 몸을 낮추고 땅을 훑는다.

제이콥

(주위를 흘끗거리며)

이젠 땅바닥까지 핥는군.

뉴트가 지팡이를 자기 귀에 대고 무시무시한 포효 소리를 듣는
다. 그가 지팡이로 거리를 가리킨다.

뉴트

리벨리오.

제이콥이 뉴트가 바라보는 광경을 본다. 거대한 동물 발자국이
사방을 뒤덮는다.

제이콥

(몹시 걱정하며)

뉴트… 누구 발자국이에요?

뉴트

조우우예요. 중국 괴물이죠. 엄청나게 빠르고 힘이 세
요. 하루에 1500킬로미터를 이동하고… 한달음에 파
리를 훌쩍 가로지를 수도 있어요.

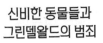
니플러가 킁킁거리며 다른 곳에서 아른거리는 발자국들을 찾아 낸다. 역시 티나가 서 있던 곳이다.

> 뉴트
> 잘했어.
> (몹시 걱정하며)
> 제이콥, 여기도 있어요. 티나가 여기 서 있었어요. 발이 엄청 작네요. 그거 알았어요?

> 제이콥
> 그건 몰랐는데.

뉴트가 카마의 환영을 발견한다.

> 뉴트
> 누가 티나에게 다가왔어요.

뉴트가 카마의 모자에서 떨어진 깃털을 가리키며 냄새를 맡고 걱정하는 표정을 짓는다.

> 뉴트
> *아벤세지움.*

깃털이 나침반 바늘처럼 돌며 길을 안내한다.

> **뉴트**
> 저 깃털을 따라가요.

> **제이콥**
> 뭐?

> **뉴트**
> 제이콥, 저 깃털 따라가라고요.

> **제이콥**
> 깃털을 따라가라.

> **뉴트**
> (니플러를 찾으며)
> 어디 갔지? 아, *아씨오 니플러.*

니플러가 주문에 끌려와 가방 안으로 들어간다. 뉴트가 가방을 들고 달리기 시작한다.

제이콥이 자기 손에 든 양동이를 가리킨다.

뉴트

양동이는 놓고 와요!

제이콥이 양동이를 내던지고 뉴트를 따라 달려간다.

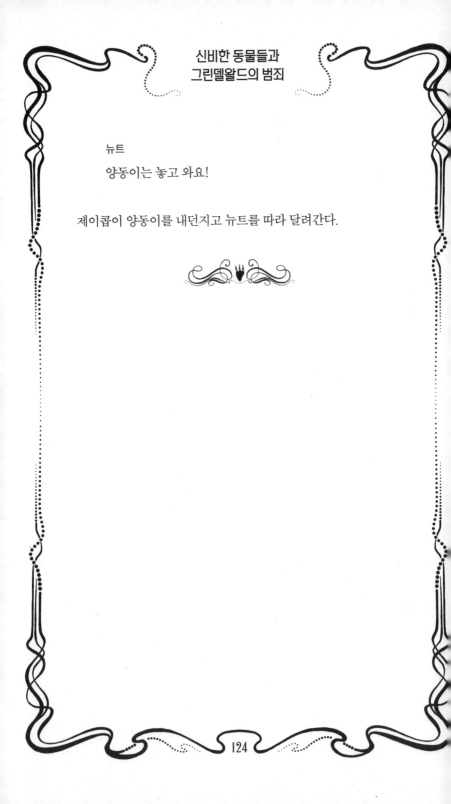

원작 시나리오

신비한 동물들과
그린델왈드의 범죄

SCENE 49
실외. 파리. 낮

설정 숏.

SCENE 50
실외. 퓌르스템베르크 광장. 아침.

퀴니가 광장 한가운데에 있는 나무로 다가간다. 기침하는 퀴니. 나무뿌리들이 올라와 그녀의 주위를 에워싸더니 새장 모양 승강 기가 되어 땅속으로 내려간다.

SCENE 51
실내. 프랑스 마법부 로비. 아침.

퀴니가 아르누보 양식으로 아름답게 장식된 프랑스 마법부 안으로 내려온다. 돔형 천장에는 별자리들이 장식되어 있다. 퀴니가 안내대로 다가간다.

> 안내대 직원
> 비얘브뉘 오 미니스테르 데 자페르 마지크(마법부에
> 오신 것을 환영합니다).

> 퀴니
> 죄송해요. 못 알아들었어요….

안내대 직원

프랑스 마법부입니다. 무슨 일로 오셨죠?

퀴니

(큰 소리로 느릿느릿)

티나 골드스틴을 만나러 왔어요. 미국 오러인데 여기 사건을 맡아 임무를 수행 중이거든요….

안내대 직원이 장부를 몇 장 넘긴다.

안내대 직원

티나 골드스틴이라는 사람은 없는데요.

퀴니

그럴 리가요…. 죄송하지만 착오가 있을 거예요. 틀림 없이 파리에 있거든요. 저한테 엽서도 보냈어요. 가져 왔는데 보여 드릴게요. 다시 한 번 찾아봐 주실래요?

퀴니가 여행 가방으로 손을 뻗자 가방이 툭 열린다.

퀴니

여기 있어요. 어머나! 잠깐만 기다려 주세요! 이 안에 있거든요. 분명히 챙겼어요. 어디 갔지?

안내대 직원이 귀찮다는 듯 어깨를 으쓱한다. 퀴니의 뒤에서 고상한 노부인이 화면 안으로 들어온다. 손에는 독특한 가방을 들고 있다. 카메라가 승강기에 올라타는 노부인을 따라간다. 로지어가 승강기 안에서 기다리며 서 있다. 문이 닫히자 노부인이 애버내시로 변하더니 정교하게 세공된 상자를 꺼낸다….

SCENE 52
실외. 파리의 뒷골목. 낮.

퀴니가 슬퍼하며 우산을 들고 거리에 서 있다. 그러다가 순간 화들짝 놀란다. 방금 이 골목에서 저쪽으로 달려간 사람들이 혹시 뉴트와 제이콥은 아닐까?

제이콥
잠깐 쉬었다 가면 안 되나? 커피라도 한잔, 아니면….

뉴트
나중에요, 제이콥.

제이콥
아니, 그냥….

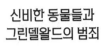

뉴트
이쪽이에요. 빨리 와요.

제이콥
팽 오 쇼콜라 어때요? 크루아상도 괜찮고, 아니면 봉
봉은?

뉴트
이쪽요.

퀴니가 뉴트와 제이콥을 따라잡기 위해 서둘러 거리를 달려간다.

카메라가 퀴니를 따라가며 클로즈 온한다. 여러 갈래 길 앞에서
갈등하는 퀴니. 열심히 뉴트와 제이콥을 따라가다 보니 이제 제
이콥의 속마음이 '들려'온다.

퀴니
(기뻐하며 큰 소리로)
제이콥! 제이콥?

그러나 그는 사라졌다. 지치고 외로운 퀴니. 쏟아지는 빗속에서
주변 사람들의 속마음이 들려와 귀가 먹먹해져 연석 위에 풀썩
주저앉는다.

누군가의 손이 퀴니의 어깨를 건드린다. 퀴니가 환하게 웃으며 돌아본다. 웃음이 사그라지고 당혹스러운 표정이 떠오른다.

　　로지어

　　마담? 투 바 비앵(괜찮으세요), 마담?

SCENE 53
실외. 새 시장. 같은 날 얼마 후.

크레덴스와 내기니가 주위를 두리번거리며 화면 안으로 걸어 들어온다. 크레덴스가 한 좌판을 지나가며 새 모이를 훔친다.

그림슨이 몰래 두 사람을 지켜본다.

SCENE 54
실외. 필리프 로랑 거리. 잠시 후. 낮.

크레덴스와 내기니가 모퉁이에 서서 바깥을 내다보며 저 멀리에 있는 18번지를 살핀다. 다락에 불빛이 반짝거린다. 그 안에서 움직이는 그림자가 보인다.

> 크레덴스
> (초조하게)
> 집에 있나 봐.

어쩌다 보니 여기까지 다다랐으나, 크레덴스는 그 자리에 못 박혀 차마 걸음을 떼지 못한다. 내기니가 그의 등 뒤에 있는 손을 잡아 빼낸다.

그러고는 앞장서서 길을 건넌다.

SCENE 55
실외. 필리프 로랑 거리 18번지 뒤쪽. 잠시 후. 낮.

마당의 문이 열려 있다. 두 사람은 슬그머니 문을 지나 하인들의 통로로 들어간다. 내기니가 콧구멍을 벌름거리며 두 눈으로 주위를 살핀다. 뭔가 심상치 않다. 두 사람이 계단을 향해 나아간다.

SCENE 56
실내. 필리프 로랑 거리 18번지 하녀의 방 앞 계단실. 낮.

크레덴스와 내기니가 계단을 올라온다. 문 하나가 조금 열려 있다. 바느질하는 여자의 형상인 듯한 그림자가 등불에 드리워져 있다. 그림자가 잠시 일손을 멈춘다. 내기니가 주위를 두리번거린다. 불안하고 초조하다.

> 어마(O.S.)
> 키 에 라(누구세요)?

크레덴스는 걸음을 떼지도, 입을 떼지도 못한다. 내기니가 이를 눈치챈다.

> 내기니
> 세 보트르 피스, 마담(아드님이 왔어요, 부인).

내기니가 크레덴스의 손을 잡고 살그머니 방 안으로 끌고 들어간다. 천장의 시렁에 수선해서 빨아 널은 천들이 걸려 있다. 여인의 그림자가 보인다. 내기니의 모든 감각이 곤두선다. 냄새로 위험을 감지하는 탓이다. 여자의 그림자가 일어선다.

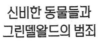
어마

키 에트 부(누구세요)?

크레덴스

(겁에 질려 속삭이는 소리로)

혹시 어마이신가요? 어마 듀가드⋯?

대답이 없다. 두 사람은 널려 있는 천들을 헤치고 여자에게로 다
가간다.

크레덴스

실례합니다. 제 입양 서류에 아주머니 이름이 적혀 있
어서요. 혹시 맞나요? 저를 뉴욕의 베어본 부인에게
보냈다고 되어 있던데.

잠시 정적.

자그마한 손이 마지막 천 한 장을 옆으로 젖힌다. 어마가 서 있
다. 집요정과 인간의 혼혈이다. 크레덴스의 얼굴이 혼란으로 가
득 찬다. 더없이 실망한 표정이다.

어마

(크레덴스에게)

난 네 엄마가 아니야. 그 댁 하녀였지.

(미소 지으며)

어릴 때 그렇게 예쁘더니, 이제는 멋진 청년이 됐구
나. 보고 싶었다.

카메라가 문가에서 그들을 지켜보는 그림슨을 비춘다.

크레덴스

그 집에선 왜 저를 내보냈어요? 그리고 입양 서류에
왜 아주머니의 이름이 있죠?

어마

베어본 부인이 널 돌봐 주기로 해서 내가 데려간 거
야.

내기니는 점점 더 불안해진다.

카메라가 천들 뒤의 어두운 벽을 비춘다.

완벽하게 위장한 그림슨이 벽에서 나와 지팡이를 올리더니 윤곽
만 보이는 형체들을 겨누고 살인 저주를 쏜다. 살인 저주가 천과
옷 들을 그슬리며 구멍을 내고 연기를 피워 올린다. 누군가가 쓰
러지는 소리가 들린다. 내기니가 비명을 지른다. 크레덴스의 형

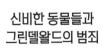

체가 사라졌다.

그림슨이 승리를 확신하고 빙긋 웃으며 연기 나는 천을 치운다.
그리고…

바닥에 죽어 있는 어마와 뒷걸음질 치는 내기니를 목격한다. 그
림슨이 천천히 웃음을 거두고 천장을 올려다본다. 옵스큐러스가
검고 짙은 연기처럼 소용돌이치고 있다.

그림슨이 방어 마법으로 순식간에 자신과 어마의 시체 주위에 돔
모양의 방어벽을 만든다.

옵스큐러스가 휙 내려오더니 마치 포화를 퍼붓듯이 방어벽을 때
린다. 그런 뒤 위로 솟아올랐다가 다시 형체를 갖추고 휙 내려와
공격한다. 마법의 방어벽은 떨리기만 할 뿐 뚫리지 않는다.

잔뜩 성이 난 옵스큐러스가 넓게 퍼져 나가 다락을 박살 낸다. 마
치 토네이도가 덮친 듯하다.

그림슨이 옵스큐러스를 올려다보며 다시 보게 될 거라는 듯 미소
짓고, 순간이동해 사라진다.

옵스큐러스가 다락의 잔해와 뒤섞이다가 다시 안으로 모여들며

크레덴스로 변한다. 크레덴스가 그 자리에 서서 자그마한 시체를
내려다본다.

SCENE 57
실외. 통로. 오후.

막 어마를 살해한 그림슨이 센강의 어느 다리 아래 좁다란 통로
에 서 있다. 그린델왈드가 나타난다.

> 그림슨
> 여자는 죽었습니다.

그린델왈드가 그림슨을 향해 걸어가다가 우뚝 걸음을 멈추고 마
주 선다.

> 그린델왈드
> 녀석은 어떻게 반응하던가?

> 그림슨
> (어깨를 으쓱하며)
> 예민하던데요. 그놈을 놓쳤다고 하면 마법부에서 수

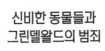
상하게 여길 겁니다. 제 명성을 아니까요.

그린델왈드

잘 듣게. 겁쟁이들에게 신임받지 못하는 건 용감한 자
에겐 영광스러운 일이야. 마법사들이 세상을 지배하
게 되면 자네의 이름은 명예롭게 기록될 거야. 그날이
다가오고 있어. 크레덴스를 주시해. 안전하게 지켜야
하네. 더 큰 선을 위해서.

그림슨

더 큰 선을 위해서.

SCENE 58
실외. 파리의 카페. 저녁.

연인 한 쌍이 커피를 앞에 놓고 함께 앉아 있다. 뉴트가 카페를
나서는 사람들을 일일이 훑어보며 유리잔으로 덮어 놓은 깃털의
반응을 살핀다. 제이콥은 연인을 바라보고 있다.

제이콥

퀴니의 어떤 점이 제일 그리운지 알아요? 전부 다요.

예전엔 짜증 났던 점들까지요. 마음을 읽는 것도 그렇
고….

(뉴트가 듣고 있지 않다는 것을 알아차린다)

…퀴니 같은 여자가 나 같은 사람의 속마음을 알아주
다니 감지덕지였죠. 듣고 있어요?

정적.

뉴트

뭐라고 했어요?

제이콥

우리가 찾는 사람이 여기 있는 게 확실하냐고요.

뉴트

틀림없어요. 이 깃털이 그렇다고 하잖아요.

SCENE 59

실내. 파리의 카페 화장실. 저녁.

비좁고 지저분한 화장실에서 카마가 거울을 들여다보고 있다. 깃털을 잃은 그의 페도라가 수도꼭지 위에 놓여 있다. 갑자기 카마의 얼굴이 씰룩거린다. 카마가 반창고 붙인 손을 올려 눈을 비비며 고개를 젓고는, 손을 치우고 거울에 비친 자신을 바라본다. 카메라가 그를 클로즈 온한다. 눈 귀퉁이에 작은 촉수가 보인다. 카마가 끙끙거리고 괴로워하며 정장 주머니를 뒤져 밝은 초록색 액체가 담긴 작은 약병을 꺼내, 그 액체를 눈에 떨어뜨린다.

촉수가 줄어들 때 또 한 번 고통의 신음. 카마가 거울 속의 자신을 바라본다. 그럭저럭 멀쩡해 보인다. 다시 모자를 쓰고 밖으로 나간다.

SCENE 60

실내. 파리의 카페. 저녁.

카마가 카페를 나서고, 깃털이 그를 가리킨다. 뉴트가 깃털을 풀어 놓자 카마의 모자로 날아간다.

원작 시나리오

제이콥
우리가 찾는 사람이 저 남자예요?

뉴트
네.

뉴트와 제이콥이 벌떡 일어나 카마를 막아선다.

뉴트
(카마에게)
저… 봉주르. 봉주르, 무슈.

카마가 뉴트를 못 본 체하고 걸음을 옮기려 한다.

뉴트
잠깐 실례 좀 할게요. 혹시… 혹시 저희 친구 못 보셨
나요?

제이콥
티나 골드스틴이에요.

카마
무슈, 파리가 얼마나 큰 도시인데요.

뉴트

오러예요. 오러가 없어지면 마법부에서 찾아 나설 텐데. 그럼… 아니에요. 그냥 실종 신고를 하는 편이 낫겠네요.

카마

(마음을 정하고)

혹시 키가 큽니까? 어둡고? 좀….

제이콥   뉴트

…너무 진지하달까?   …아름답달까….

제이콥

(뉴트의 표정을 흘끗 보고 황급히)

…맞아요. 나도 그렇게 얘기하려고 했어요. 예쁘죠. 아주 예뻐요….

뉴트

너무 진지하긴 하죠.

카마

어젯밤에 비슷한 사람을 본 것 같네요. 어딘지 알려드릴까요?

뉴트
괜찮으시다면요. 부탁드립니다.

카마
가시죠.

SCENE 61
실내. 카마의 은신처. 저녁.

카마의 은신처 안은 칠흑같이 컴컴하다. 물 떨어지는 소리가 들린다. 밖에서 새어 들어오는 햇빛이 티나를 비춘다. 티나는 외투를 입은 채로 바닥에 누워 선잠을 자고 있다.

뉴트
티나?

티나가 잠에서 깬다. 잠시 뉴트와 티나가 서로를 바라본다. 지난 1년간 매일 서로를 그리던 두 사람. 카마는 보이지 않고, 그녀는 구조된 듯하다.

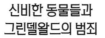
티나

(몹시 기뻐하고 황홀해하며)

뉴트!

그 순간 티나가 배경에서 들어오는 카마를 발견한다. 지팡이를 올린 채다. 티나의 표정이 변한다.

카마

엑스펠리아르무스!

뉴트의 지팡이가 카마의 손으로 날아간다. 문가에 창살이 형성되고, 그들은 갇히고 만다.

카마

(창살 밖에서)

미안해요, 스캐맨더 씨! 크레덴스가 죽으면 돌아와서 풀어 줄게요.

티나

카마, 잠깐만요!

카마

크레덴스가 죽든… 아니면 내가 죽든 둘 중 하나예요.

카마가 손으로 자기 눈을 탁 때린다.

> 카마
>
> 아아, 안 돼. 안 돼. 아, 이런. 안 돼. 안 돼.

카마가 발작하듯 경련을 일으키더니 바닥으로 쓰러져 의식을 잃는다.

> 뉴트
>
> 구하러 왔는데 출발이 썩 좋지 않네요.

> 티나
>
> 구하러 왔다고요? 방금 나의 유일한 정보통을 날려버렸잖아요.

제이콥이 문으로 달려가 부수려 한다.

> 뉴트
>
> (순진하게)
>
> 우리가 오기 전까지 얼마나 알아냈는데요?

티나가 뉴트를 무섭게 쏘아보고는 동굴 안쪽으로 성큼성큼 걸어간다.

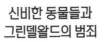

뉴트의 주머니에서 몰래 빠져나온 피켓이 자물쇠를 딴다. 창살이
획 열린다.

> 제이콥
> 뉴트!

> 뉴트
> 잘했어, 피켓.
> (티나에게)
> 이 사람이 필요하다는 거죠?

> 티나
> 네. 크레덴스가 있는 곳을 아는 것 같거든요, 스캐맨
> 더 씨.

둘은 몸을 숙여 의식 없는 카마를 살펴본다. 그때 위쪽 어딘가에
서 땅이 꺼질 듯한 포효가 들린다. 뉴트와 티나가 눈길을 주고받
는다.

> 뉴트
> 아마 조우우일 거예요.

뉴트가 자기 지팡이를 집어 들고 순간이동해 사라진다.

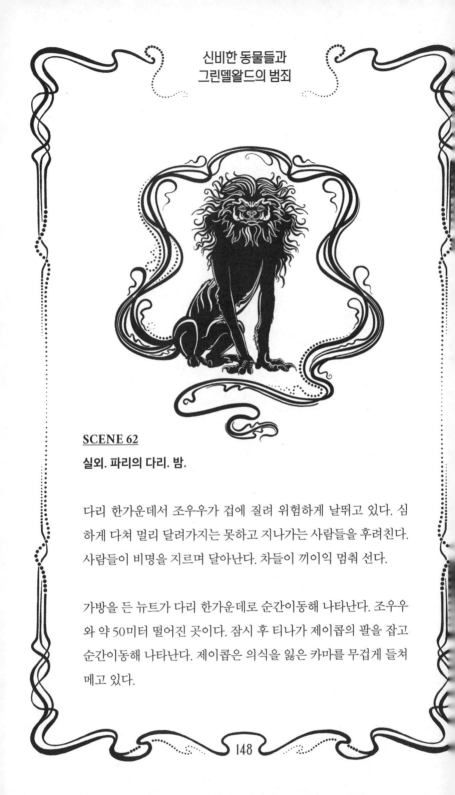

원작 시나리오

제이콥
(큰 소리로)
뉴트, 피해요!

뉴트가 천천히 상체를 숙여 가방을 연다. 조우우가 으르렁거리며 몸을 낮게 웅크리고 뉴트에게 다가가기 시작한다.

뉴트는 조우우가 놀라지 않도록 아주 천천히 팔을 내려 가방 속에서 무언가를 더듬어 찾는다. 생각보다 오래 걸린다. 인상 쓰며 팔을 더 깊숙이 넣어 본다. 조우우가 이빨을 드러낸 채 다가온다.

마침내 찾던 물건이 손에 잡힌다. 뉴트가 팔을 올린다. 털북숭이 새 인형이 달린 막대를 들고 있다.

잠시 정적. 조우우의 시선이 새 인형을 따라 움직이기 시작한다.

조우우의 꼬리가 씰룩거린다. 녀석이 아주 낮게 몸을 웅크리더니 갑자기 허공으로 솟아올라 뉴트에게로 달려든다. 지켜보던 사람들이 뉴트가 깔려 죽을 거라 생각하며 비명을 지른다.

그러나 아슬아슬한 순간에 뉴트가 새 인형을 가방 안으로 던져 넣자 조우우가 오색의 섬광을 남기며 그 안으로 따라 들어간다. 비단뱀 같은 꼬리가 요동친다. 쾅! 뉴트가 뚜껑을 닫는다.

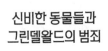

혼란에 빠진 사람들. 사이렌 소리가 가까워지며 경찰차들이 다리
로 몰려든다. 뉴트의 주머니에서 플라멜의 명함이 날아오른다.

여전히 카마를 들쳐 멘 제이콥과 티나가 뉴트에게로 달려간다.
네 사람은 순간이동해 사라진다.

원작 시나리오

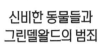

SCENE 63
실외. 호그와트. 낮.

오러들의 불길한 행렬이 호그와트 진입로를 오르고 있다. 테세우스와 리타가 끼어 있다.

위쪽의 창문이 클로즈 온된다. 학생들이 팔꿈치로 옆 친구를 쿡 찌르며 이방인들을 내려다본다. 오러들이 학교 안으로 들어온다.

SCENE 64
실내. 어둠의 마법 방어술 교실. 낮.

덤블도어의 수업이 한창이다. 학생들은 교실 한가운데서 펼쳐지는 장관을 구경하고 있다. 덩치 큰 소년 맥클라건이 공격에 대비한다. 뽀얗게 먼지가 덮인 망토를 걸치고 넥타이를 귀에 동여맨 맥클라건과 덤블도어가 서로의 주위를 맴돈다.

> 덤블도어
> 네가 지난번에 저지른 가장 큰 실수 세 가지를 꼽으면?

원작 시나리오

맥클라건
기습당한 거요.

덤블도어
또?

맥클라건
피하지도 않고 반격하려 한 거요.

덤블도어
맞았어. 마지막 한 가지… 가장 중요한 실수는?

맥클라건은 생각하느라 시선을 돌린다. 덤블도어가 불시에 그를 공격한다. 맥클라건이 허공으로 날아오르자 덤블도어가 소파를 만들어 낸다. 맥클라건이 소파에 부딪쳐 바닥으로 미끄러져 내려간다.

덤블도어
앞선 두 번의 실수를 통해 하나도 배우지 못했다는 거지.

아이들이 웃음을 터트린다. 문이 열린다. 트래버스와 테세우스, 다른 오러 네 명이 들어온다. 젊은 미네르바 맥고나걸이 뒤따라 들어온다.

맥고나걸

여긴 학교예요. 대체 무슨 권리로….

트래버스

마법 사법부의 수장은 원하는 곳 어디든 갈 수 있습
니다.
(학생들에게)
다들 나가.

학생들은 움직이지 않는다.

덤블도어
(학생들에게)
맥고나걸 교수님을 따라 나가거라.

학생들이 놀라거나 의아한 얼굴로 줄지어 나간다. 맥클라건이 마
지막까지 남는다.

맥클라건
(트래버스에게)

우리 학교 최고의 교수님이에요.

덤블도어
(조용히)
고맙다, 맥클라건.

트래버스
나가!

맥고나걸
가자, 맥클라건.

문이 닫힌다.

트래버스
뉴트 스캐맨더가 파리에 있어요.

덤블도어
그래요?

트래버스
모르는 척하지 맙시다. 당신 지시로 간 거 다 알아요.

덤블도어

영광스럽게도 뉴트를 가르쳐 본 사람이라면, 그 친구
가 지시를 따르는 사람이 아니라는 사실을 알 텐데요.

트래버스가 덤블도어에게 작은 책 한 권을 던진다. 덤블도어가
한 손으로 그것을 받는다.

트래버스
(책을 가리키며)
《타이코 도도너스의 예언》 읽었죠?

덤블도어
오래전에요.

트래버스
(읽으며)
"아들은 잔인하게 추방되고
딸은 절망하리니
돌아온…"

덤블도어
아, 압니다.

원작 시나리오

트래버스

이 예언이 그 옵스큐리얼에 관한 것이라는 소문이 있습니다. 듣자 하니 그린델왈드가….

덤블도어

…고귀한 혈통의 심복을 원한다고요? 저도 소문은 들었습니다.

트래버스

그런데 그 옵스큐리얼이 가는 곳마다 스캐맨더가 나타나 보호한다는군요. 교수는 세계 각지에 친구가 있는 것 같은데….

덤블도어

(조용하고 단호하게)

나와 내 친구들을 감시해 봐야 마법부에 반하는 음모 따위는 절대 못 찾을 겁니다, 트래버스. 우린 같은 것을 원합니다. 그린델왈드를 꺾는 거죠. 하지만 조언하는데, 그렇게 억압적이고 폭력적인 정책을 쓰면 조력자들도 반대편으로 가 버릴 겁니다….

트래버스

당신 조언은 필요 없어!

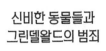
(화를 누르며)
사실 쉽게 꺼내는 얘기는 아니에요. 왜냐하면, 난 당
신이 싫거든.

트래버스와 덤블도어가 함께 킬킬거린다.

트래버스
하지만… 그린델왈드의 적수는 교수밖에 없어요. 놈
과 싸워 줘요.

정적. 오러들이 지켜본다.

덤블도어
못합니다.

트래버스
이것 때문에?

트래버스가 마법으로 10대 시절의 덤블도어와 그린델왈드의 영
상을 떠운다. 오러들이 놀란다.

10대 시절의 덤블도어와 그린델왈드가 서로의 눈을 강렬하게 바
라보고 있다.

트래버스
교수와 그린델왈드는 친형제 같은 사이였지.

덤블도어
친형제보다 더 가까웠죠.

덤블도어가 영상을 쳐다본다. 괴로운 기억이다. 회한에 가득 찬다. 그러나 평생을 통틀어 자신이 온전히 이해받는다고 느껴지던 그 유일한 시절이 그립다는 사실이 무엇보다 그를 괴롭힌다.

트래버스
놈과 싸우겠습니까?

덤블도어
(괴로워하며)
못합니다.

트래버스
이제 당신 노선을 확실하게 알겠군.

트래버스가 지팡이를 한 번 더 휘두른다. 덤블도어의 두 손목에 굵은 금속 수갑인 애드모니터가 채워진다.

트래버스

지금부터 마법을 쓰면 내가 바로 알게 됩니다. 감시를
늘리겠어요. 어둠의 마법 방어술 수업도 그만둬요.
(테세우스에게)
리타 어디 갔어? 파리로 가야 해!

트래버스가 요란하게 걸어 나간다. 오러들이 뒤따른다. 테세우스
가 마지막으로 문을 향해 걸어간다.

덤블도어
(조용히)
테세우스.

테세우스가 돌아본다.

덤블도어

테세우스, 혹시 그린델왈드가 집회를 열어도 막으려
하지 마. 트래버스가 보내도 가지 말게. 나를 믿는다
면….

트래버스(O.S.)
테세우스!

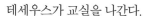

테세우스가 교실을 나간다.

SCENE 65
실내. 텅 빈 호그와트 복도. 낮.

옛 기억으로 가득한 텅 빈 복도를 걷는 리타. 창문 너머에서 늦은 오후의 햇살이 떨어진다. 리타가 열린 문 앞에서 걸음을 멈춘다.

허공에 뜬 양초들이 대연회장을 밝히고 있다.

SCENE 66
실내. 호그와트의 빈 교실. 낮.

리타가 천천히 교실 안으로 들어오더니 다시 뒤를 돌아 복도를 내다본다….

다음 장면으로 디졸브된다.

SCENE 67
실내. 호그와트의 빈 교실. 17년 전. 아침.

열세 살의 리타가 빈 교실 안에 숨어 있다. 망토 입은 학생들이 부엉이를 들고 여행 가방을 밀며 지나간다. 겨울 학기의 마지막 날, 거의 모든 학생이 집으로 향하고 있다.

카메라가 여행 가방을 밀고 가는 열세 살 난 그리핀도르 여학생들을 비춘다.

> 그리핀도르 여학생 1
> 걔는 방학에도 학교에 남아 있잖아. 집에서 걔가 오는
> 걸 싫어한대.

> 그리핀도르 여학생 2
> 그럴 만도 하지. 애가 좀 짜증 나잖아. 레스트랭이라
> 는 이름만 들어도 토할 것….

리타가 그들 앞으로 달려들어 지팡이를 겨눈다.

열세 살의 리타

오스카우시!

그리핀도르 여학생 2의 입이 봉해져 감쪽같이 사라진다. 리타가
의기양양해하며 기겁하는 학생들을 밀고 화면 밖으로 달아난다.

그리핀도르 여학생 1

(비명을 지르며)

맥고나걸 교수님! **레스트랭이 또 그랬어요!**

맥고나걸(O.S.)

레스트랭, 거기 서라! **레스트랭!** 못된 녀석 같으니.
거기 서! 넌 슬리데린의 수치다. 100점 감점이야!
200점! 당장 돌아오지 못해! 어서! 거기 서! 서란 말
이다! 거기 서! 돌아와!

그리핀도르 여학생 1

선생님, 레스트랭이 그랬어요. 그 애는 정말 끔찍….

맥고나걸이 소녀의 입을 막는다.

카메라가 전속력으로 모퉁이를 돌아가는 리타를 비춘다.

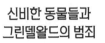

리타가 쪽문을 비집어 열고 그 안으로 뛰어든다.

SCENE 68
실내. 호그와트 벽장. 17년 전. 아침.

열세 살의 리타가 문을 닫고 그 안에 서서 문에 귀를 갖다 댄다.
사람들이 달리는 소리와 아득한 외침이 들린다. 뒤에서 또 다른
소리가 들리자 리타가 화들짝 놀라며 돌아선다.

열세 살의 뉴트가 벌써 벽장을 차지하고 어항 두 개를 그곳에 숨
겨 놓고 있다. 하나에는 올챙이들이, 또 하나엔 스트릴러들이 들
어 있다. 푹신한 깔개를 넣어 새끼 큰까마귀의 둥지로 만든 마분
지 상자가 뉴트의 손에 들려 있고, 새의 부러진 다리에는 부목이
대어져 있다. 뉴트와 리타가 서로를 바라본다.

> 열세 살의 리타
> 스캐맨더… 넌 왜 짐 안 싸?

> 열세 살의 뉴트
> 난 집에 안 가.

　　열세 살의 리타
　　왜?

　　열세 살의 뉴트
　　(큰까마귀를 가리키며)
　　애를 돌봐야 하거든. 다쳤어.

리타가 어항들과 추하게 생긴 아기 새를 차례로 훑어본다. 뉴트
는 새끼 큰까마귀에게 지렁이를 먹이고 있다.

　　열세 살의 리타
　　그게 뭔데?

　　열세 살의 뉴트
　　새끼 큰까마귀.

리타가 흥미를 보인다.

　　열세 살의 리타
　　큰까마귀는 우리 가문의 상징인데.

리타가 새의 머리를 쓰다듬는 뉴트를 지켜본다. 뉴트가 아기 새
를 리타의 손에 조심스레 놓아 준다. 리타는 처음으로 그의 진정

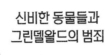
한 모습을 보는 듯하다.

다음 장면으로 디졸브.

SCENE 69
실내. 어둠의 마법 방어술 교실. 14년 전. 낮.

보가트 수업 시간. 덤블도어가 운을 시험하려 줄 서 있는 10대 아이들을 감독하고 있다. 학생들이 "리디큘러스"를 외칠 때마다 상어가 부표로 변하고, 좀비 머리가 호박이 되는가 하면, 뱀파이어는 앞니가 톡 튀어나온 토끼로 변한다. 모두가 즐거워한다.

> 덤블도어
> 자, 뉴트. 용기를 내 봐.

열여섯 살의 뉴트가 줄 앞으로 나온다. 보가트가 마법부 책상으로 변한다.

> 덤블도어
> 거참 독특하구나. 스캐맨더 군이 세상에서 가장 두려워하는 건 뭐지?

열여섯 살의 뉴트

사무실에 틀어박혀 일하는 거요, 교수님.

아이들이 와아아 웃음을 터트린다.

덤블도어

계속 해 보렴, 뉴트.

열여섯 살의 뉴트

리디큘러스!

책상이 나무 용(龍)으로 바뀌어 뛰논다. 뉴트가 옆으로 비켜선다.

덤블도어

잘했어. 훌륭해.

열여섯 살의 리타 차례가 돌아오지만 리타는 꼼짝도 않는다. 겁
에 질려 있다.

덤블도어

(리타에게 다정하게)

리타, 기껏해야 보가트야. 해치지 않는단다. 누구에게
나 두려운 게 있기 마련이지.

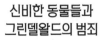
여학생 한 무리가 모여 서서 겁먹은 리타를 보며 즐거워한다.

> 그리핀도르 여학생 1
> 정말 기대되는데.

리타가 앞으로 나간다. 보가트가 변신하자 갑자기 웃음이 사그라
진다. 모두의 겁먹은 얼굴에 초록색 빛이 반사된다.

작은 사람 손이 달린 형체가 보인다. 리타가 울면서 교실을 뛰쳐
나간다.

SCENE 70
실외. 호그와트의 호수, 보우트러클 섬. 14년 전. 저녁.

열여섯 살의 뉴트가 호숫가에 앉아 있는 리타를 발견한다. 리타
의 얼굴에는 얼룩덜룩 눈물 자국이 남아 있고 눈은 퉁퉁 부었다.
두 사람은 서로를 바라본다.

> 열여섯 살의 리타
> 그 얘긴 하고 싶지 않아!

뉴트가 손을 내밀자 리타가 그 손을 잡고 일어난다. 뉴트가 리타를 데리고 나무 몇 그루를 지나 보우트러클들이 서로 엉겨 붙으며 놀고 있는 나무에 이른다. 인간들이 다가오자 얼어붙은 보우트러클들이 뉴트를 알아보고 이내 긴장을 푼다. 뉴트가 손가락 하나를 내민다. 보우트러클 한 마리가 껑충 그 위로 올라온다.

열여섯 살의 뉴트

나를 알아봐. 그렇지 않으면 숨었을 테니까. 얘들은 지팡이 목재가 되는 나무에만 살아. 그거 알았어?

(잠시 후)

그리고 아주 복잡한 사회생활을 하지. 오랫동안 찬찬히 지켜보면 알 수 있어….

뉴트가 말끝을 흐린다. 리타는 보우트러클이 아닌 뉴트를 보고 있다. 뉴트가 리타에게로 손을 뻗는다. 보우트러클이 그의 손목에 올라서 있다. 뉴트의 손과 리타의 손이 스친다.

덤블도어(V.O.)

안녕, 리타.

다음 장면으로 디졸브.

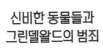

SCENE 71
실내. 호그와트의 빈 교실. 오후.

현재의 교실. 리타는 여전히 옛날 자기 자리에 앉아 있다. 덤블도어가 들어온다.

> 덤블도어
> 의외인데.

> 리타
> (차갑게)
> 제가 교실에 있는 모습이요? 제가 그렇게 나쁜 학생
> 이었나요?

> 덤블도어
> 그 반대였지. 넌 아주 영리한 학생이었어.

> 리타
> 나쁜 학생이었냐고 물었지, 멍청했냐고 묻지는 않았
> 어요. 대답 안 하셔도 돼요. 교수님은 저를 싫어하셨
> 잖아요.

덤블도어

그렇지 않아. 난 네가 나쁜 아이라고 생각한 적 없다.

리타

그럼 교수님만 예외였나 보네요. 다른 사람들은 다 그렇게 생각했거든요.
(아주 조용히)
그리고 그게 사실이었어요. 저는 사악했죠.

덤블도어가 잠시 리타를 골똘히 바라본다.

덤블도어

리타, 남동생 코르버스에 대한 소문 때문에 괴로운 거 안다.

리타

아뇨, 교수님은 모르세요. 죽은 남동생이 있다면 모를까.

덤블도어

난 여동생을 잃었어.

리타가 덤블도어를 바라본다. 적의와 호기심이 교차한다.

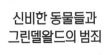

리타

여동생을 아끼셨나요?

덤블도어

충분히 아껴 주지 못했지.

덤블도어가 리타에게로 걸어간다.

덤블도어

그만 벗어나. 아직 늦지 않았어. 고백하면 마음이 편
해진다고 하더구나. 한결 가벼워질 거야.

리타가 덤블도어를 바라본다. 그는 무엇을 알고 있을까? 아니, 무
엇을 의심하고 있을까?

덤블도어

(낮은 소리로)

나는 평생 후회하며 살았다. 너는 그러지 마라.

원작 시나리오

SCENE 72
실내. 그린델왈드의 은신처 거실. 해 질 녘.

소파에 앉아 있는 퀴니 앞의 탁자에 차와 케이크가 놓여 있다. 퀴니가 빈 찻잔을 내려놓는다. 로지어가 얼른 다시 차를 따라 주려하자 퀴니가 조금 불편해한다.

> 퀴니
>
> 어머, 아니에요. 괜찮아요. 잘해 주셔서 감사해요. 하지만 제 언니가 몹시 걱정하고 있을 거예요. 동네방네 찾으러 다닐걸요. 그만 가야겠어요.

> 로지어
>
> 이 집의 주인은 만나고 가셔야죠.

> 퀴니
>
> (조금 부러운 듯이)
>
> 아, 남편이 계세요?

> 로지어
>
> (미소 지으며)
>
> 그냥… 깊이 흠모하는 분이라고 해 두죠.

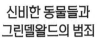

퀴니

(순진하게)

정말 모르겠네요. 농담하시는 건지 아니면… 프랑스
식 표현인지.

로지어가 웃으면서 방을 나간다. 퀴니는 혼란스럽다. 허공에 떠
있는 마법의 찻주전자가 그녀를 쿡 찌르며 다시 잔을 채워 주려
한다.

퀴니

(찻주전자에게)

그만 좀 해.

문이 열리고 그린델왈드가 들어온다. 퀴니가 일어서고, 찻주전자
와 잔들이 바닥으로 떨어진다. 퀴니가 지팡이를 꺼내 그린델왈드
를 겨눈다.

퀴니

가까이 오지 마. 당신이 누군지 알아.

그린델왈드가 천천히 퀴니에게로 걸어온다.

그린델왈드

퀴니, 우린 널 해치려는 게 아니야. 도우려는 거지. 집을 떠나 이 낯선 곳에서 얼마나 힘들까. 사랑하는 것들, 익숙한 것들을 모두 떠나왔으니.

퀴니가 여전히 지팡이를 겨눈 채 노려본다.

그린델왈드

너를 해칠 생각은 없어. 언니가 오러인 게 네 탓은 아니니까. 그저 네가 나와 함께 우리 마법사들이 자유롭게 살 수 있는 세상, 자유롭게 사랑할 수 있는 세상을 만들기를 바랄 뿐이야.

그린델왈드의 손이 퀴니의 지팡이 끝을 잡아 아래로 내린다.

그린델왈드

넌 잘못이 없어. 그만 가 봐. 돌아가.

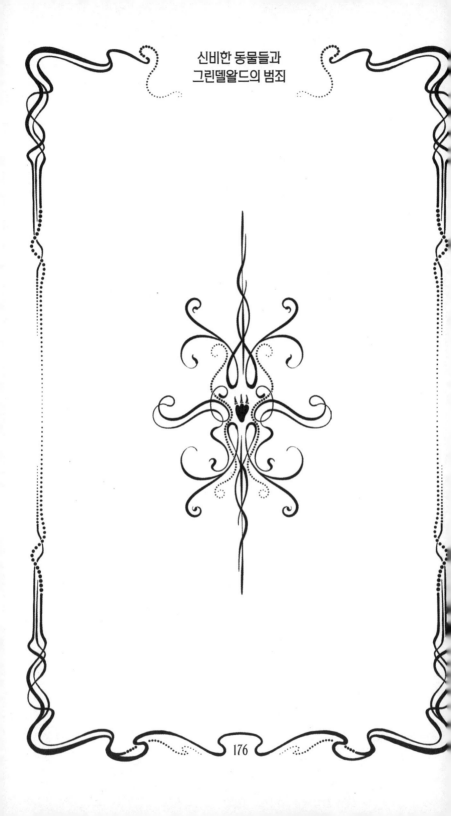

신비한 동물들과
그린델왈드의 범죄

SCENE 73
실내. 호그와트 필요의 방. 밤.

간소한 방. 검정 우단이 덮인 커다란 물체가 벽에 기대어져 있다.
덤블도어는 잠시 서서 생각한 뒤 그 물체로 다가가 우단을 끌어
내린다.

소망의 거울이 드러난다. 덤블도어는 수년 동안 이 거울을 보지
않았다. 이제야 마음의 준비를 하고 거울을 들여다본다.

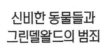
헛간에서 서로를 마주하고 있는 10대의 덤블도어와 그린델왈드
가 보인다. 둘은 지팡이로 손바닥을 긋는다. 피가 흐르자 두 사람
은 손을 맞대고 깍지를 낀다….

덤블도어가 고개를 돌리며 거울을 다시 덮어 버리고픈 충동을 억
누른다.

마음을 다잡고 다시 시선을 든다.

피가 흐르는 두 사람의 손바닥에서 반짝이는 핏방울 두 개가 떠
올라 하나로 합쳐진다. 그 핏방울 주위에 금속이 형성되면서 점
점 뚜렷하고 복잡한 모양으로 변한다. 그린델왈드가 가지고 있는
그 작은 약병 펜던트다.

거울 속 장면이 사라진다. 거울 너머 어둠 속에서 현재의 그린델
왈드가 미소 지으며 서 있다.

원작 시나리오

SCENE 74

실외. 파리 몽모랑시 거리. 오후.

니콜라스 플라멜의 집 설정 숏.

SCENE 75
실내. 플라멜의 집. 오후.

으스스한 중세풍의 거실. 움직이는 형상과 기묘한 룬 문자 들이
그려진 태피스트리들이 보인다. 구석에 놓인 커다란 수정 구슬에
검은 구름이 나타나 있다. 티나가 냄새 나는 소금이 담긴 병을 들
고 카마를 깨우려 애쓴다. 카마가 조금씩 움직인다. 그의 주머니
에서 《타이코 도도너스의 예언》이 빠져나와 바닥으로 떨어진다.
티나가 그것을 주워 카마가 밑줄 친 예언을 펼친다.

뉴트의 가방이 탁자 위에 열린 채로 놓여 있다. 안에서 조우우가
포효한다. 티나가 고개를 돌려 가방을 보며 귀를 기울인다.

신비한 동물들과
그린델왈드의 범죄

SCENE 76
실내. 뉴트의 가방 속 조우우 우리. 오후.

중국풍의 야생 서식지. 조우우가 빽빽한 덤불 속에 몸을 웅크리
고 있던 뉴트를 들어 올려 갈고리 발톱에 대롱대롱 매단다.

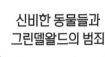
SCENE 77

실내. 플라멜의 집. 오후.

제이콥이 들어와 가방을 보고 있는 티나를 발견한다. 티나가 황급히 예언집으로 시선을 옮긴다.

>제이콥
>
>(가방 안에 대고 큰 소리로)
>
>저기, 뉴트. 티나가 여기 있는데 혼자 외로워 보여요.
>올라와서 말동무라도 해 주지 그래요?
>
>(잠시 기다린 뒤)
>
>먹을 게 있나 찾아봤는데 아무것도 없네요. 난 위층으
>로 올라가서, 어, 다락까지 싹 뒤져 봐야겠네!

SCENE 78

실내. 뉴트의 가방 속 조우우 우리. 오후.

뉴트는 여전히 조우우의 갈고리 발톱에 매달려 있다. 뉴트가 이 암컷 조우우를 살살 구슬려 가며 손을 뻗어 굴레를 벗긴다. 조우우가 마침내 속박에서 풀려난다.

　　뉴트
　　이제 괜찮아.

　　제이콥(O.S.)
　　그럼 난 이만!

SCENE 79

실내. 플라멜의 집. 오후

제이콥이 막 가려고 하는데 뉴트가 가방에서 올라온다.

　　뉴트
　　꽃박하가 잘 듣네요. 원래 뛰어다니는 녀석인데, 아직 자신감이 좀 부족한 것 같아요….

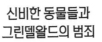

뉴트가 티나를 흘끗 본다. 티나는 《타이코 도도너스의 예언》을
주머니에 넣고 딱히 뉴트를 보지 않으며 말한다.

티나
스캐맨더 씨, 혹시 그 가방에 이 사람을 깨울 만한 약
이 있을까요? 이 사람한테 물어봐야 해요. 크레덴스
가 누구인지 아는 것 같거든요. 손의 흉터로 봐선 깨
트릴 수 없는 맹세를…

뉴트
(열의를 보이며 티나와 동시에)
…깨트릴 수 없는 맹세를 한 것 같죠. 그래요. 나도 봤
어요….

두 사람은 의식 없는 카마를 살핀다.

뉴트
루모스.

뉴트가 불 켜진 지팡이 끝을 카마의 눈에 갖다 댈 때 뉴트와 티
나의 손이 스친다. 두 사람은 화들짝 놀란다. 뉴트가 카마의 눈을
들여다본다. 촉수가 잠깐 가물거리다가 다시 쏙 들어간다….

원작 시나리오

티나

(숨을 들이켜며)

뭐예요?

뉴트

(진지하게)

그 하수구에 수룡이 있는 모양이에요. 수룡의 기생충
이네요. 아마도… 제이콥?

제이콥

왜요?

뉴트

내 가방 주머니에 보면 핀셋이 있을 거예요.

제이콥

핀셋?

뉴트

가늘고 뾰족한….

티나

가늘고 작고 뾰족한 거요.

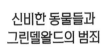

제이콥

핀셋이 뭔지는 나도 알아요.

뉴트

(티나에게)

안 보는 게 좋을 텐데….

티나

걱정 마요.

뉴트가 카마의 눈에 있는 촉수를 잡아 끄집어낸다.

뉴트

자. 이제 괜찮아요. 제이콥, 이것 좀 받아 줄래요?

뉴트가 기다란 물거미 같은 생물을 뽑아내 제이콥에게 건넨다.

제이콥

윽! 오징어 같네.

카마가 혼미한 상태에서 중얼거린다.

카마

그를 죽여야 해….

티나

누구요? 크레덴스? 누굴 죽여요…?

뉴트

회복하려면 몇 시간 걸릴 거예요. 그 기생충 독이 워낙 세거든요.

티나

일단 마법부에 보고해야겠어요.

(머뭇거리는 목소리로)

다시 만나서 반가웠어요, 스캐맨더 씨.

티나가 성큼성큼 방을 나간다. 뉴트는 영문을 몰라 당황한다.

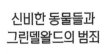
SCENE 80
실내. 플라멜의 집 현관. 오후.

제이콥이 티나를 따라 현관으로 향한다.

> 제이콥
> 저기, 잠깐만 기다려 봐요. 어어, 잠깐만요! 가지 마
> 요! 티나!

티나는 가 버린다. 현관문이 닫힐 때 거실 문에 뉴트가 나타난다.

> 제이콥
> (뉴트에게)
> 혹시 살라맨더 얘기한 거 아니죠?

> 뉴트
> 아니에요. 그냥… 가네요. 모르겠어요….

> 제이콥
> (단호하게)
> 빨리 따라가 봐요!

뉴트가 가방을 집어 들고 밖으로 나간다.

SCENE 81

실외. 몽모랑시 거리. 해 질 녘.

티나가 잰걸음으로 거리를 걷는다. 뉴트가 허겁지겁 따라잡는다.

뉴트

티나. 잠깐만요, 내 말 좀 들어 봐요….

티나

스캐맨더 씨, 난 마법부에 가 봐야 해요. 그리고 당신
이 오러에 대해 어떻게 생각하는지는 잘 알아요.

뉴트

내가 편지에서 조금 심하게 표현한 것 같은데….

티나

정확히 뭐라고 했더라? "출세에 눈먼 위선자들"?

뉴트

미안해요. 하지만 두렵거나 잘 모르는 존재는 무조건
'죽이는' 것으로 해결하는 사람들을 어떻게 좋아하겠

어요!

티나

난 오러지만 그러지 않아요….

뉴트

그럼요. 티나는 가운데 머리니까요!

티나

(걸음을 멈추며)

뭐라고요?

뉴트

런에스푸어라고 머리 셋 달린 뱀이 있거든요. 그중 가
운데 머리는 선각자예요. 유럽의 오러들은 하나같이
크레덴스가 죽기를 바라는데 티나는 아니잖아요. 티
나는 가운데 머리예요.

잠시 정적.

티나

그 표현을 쓰는 사람이 또 있어요, 스캐맨더 씨?

뉴트가 잠시 생각에 잠긴다.

> 뉴트
> 아마 나쁜일걸요.

모든 불빛이 꺼지고 모든 건물이 검은 현수막에 에워싸인다.

머글들은 아무 일 없는 듯 지나다니지만, 두 사람 옆에서 함께 걷고 있는 붉은 머리의 젊은 여자 마법사가 뉴트와 티나처럼 검은 현수막을 본다.

티나가 길 한복판으로 걸어가 하늘에서 내려온 검은 비단들이 주변 건물들을 까맣게 감싸는 광경을 지켜본다.

> 티나
> 그린델왈드예요. 추종자들을 부르고 있어요.

카메라가 펄럭거리는 검정 비단 자락 하나를 따라 팬 업한다. 파리의 공중 숏이 보인다. 그린델왈드의 검은 현수막들이 파리 전체를 뒤덮고 있다.

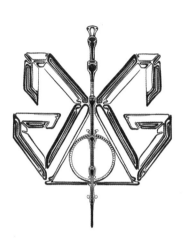

SCENE 82

실외. 마법 세계의 카페. 해 질 녘.

마법사들이 허겁지겁 밖으로 나와 머글들에게는 보이지 않는 것
을 바라본다.

SCENE 83

실외. 파리의 거리. 해 질 녘.

퀴니가 가까운 검정 현수막에 손을 갖다 대자 새하얀 큰까마귀
상징이 나타난다.

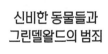

SCENE 84

실외. 퓌르스템베르크 광장. 해 질 녘.

뉴트는 여전히 티나를 따라가고 있다. 그린델왈드의 현수막들에
에워싸인 두 사람이 멈춰 선다. 엄청난 규모다.

> **티나**
> 이미 늦었어요. 그린델왈드가 크레덴스를 찾았나 봐
> 요. 벌써 데리고 있을지도 몰라요.

> **뉴트**
> (갑자기 단호하게)
> 늦지 않았어요. 우리가 먼저 그 애를 찾으면 돼요.

뉴트가 티나의 손을 잡아끈다.

> **티나**
> 어디 가요?

> **뉴트**
> 프랑스 마법부요.

티나

크레덴스가 거기에 갔을 리는 없어요!

뉴트

프랑스 마법부 금고에 숨겨진 상자가 있어요. 그걸 찾
으면 크레덴스가 누구인지 알 수 있어요.

티나

상자? 그게 무슨 말이에요?

뉴트

날 믿어요.

SCENE 85
실외. 버려진 건물, 옥상. 늦은 오후.

크레덴스가 새 모이를 쪼개 작은 아기 새에게 먹이고 있다. 그의
뒤에서 내기니가 나타난다.

내기니

(다급하게)

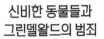
크레덴스.

내기니가 그를 이끌고 열린 창문을 넘어 옥상으로 나간다. 그들 뒤에 에펠탑이 보인다.

카메라가 이동해 두 사람 근처의 옥상 위에 앉아 있는 그린델왈드를 비춘다.

그린델왈드
쉿.

크레덴스
(속삭이며)
원하는 게 뭐죠?

그린델왈드
너에게서? 아무것도. 다만 내가 누리지 못한 모든 것을 갖게 해 주고 싶을 뿐이야. 그런데 너는 무얼 원하지?

크레덴스
내가 누구인지 알고 싶어요.

그린델왈드

여기 가면 네 정체에 대한 증거를 찾을 수 있어.

그린델왈드가 주머니에서 양피지 쪽지를 꺼내 허공으로 던진다.
양피지가 나풀나풀 크레덴스에게로 날아가 그의 손에 살며시 내
려앉는다.

그린델왈드

오늘 밤 페르 라셰즈 묘지로 오면 진실을 알게 될 거
야.

그린델왈드가 페르 라셰즈 묘지의 지도를 들고 있는 크레덴스를
남겨 둔 채, 허리 숙여 인사하고 순간이동으로 사라진다.

신비한 동물들과
그린델왈드의 범죄

SCENE 86

실내. 플라멜의 집. 해 질 녘.

제이콥이 정신이 혼미한 카마 옆에 앉아 선잠을 자고 있다. 카마
가 중얼거린다.

> 카마
>
> 아버지… 왜 제게 이런…?

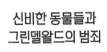

제이콥이 퍼뜩 깨어난다. 악몽을 꾼 듯하다.

제이콥
기다려! 기다려….

이제 완전히 잠이 깬 제이콥의 배가 꼬르륵거리기 시작한다.

제이콥의 뒤에서 누군가가 나타난다. 600살의 니콜라스 플라멜이 자신의 연금술 작업실 앞에 서 있다.

플라멜
집에 먹을 게 없는데 어쩌나.

제이콥이 기겁하며 꺅 소리친다.

제이콥
(겁에 질려)
혹시 유령이세요?

플라멜
(재미있어하며)
아니, 아니. 난 살아 있는 사람이에요. 연금술사라 영
생을 누리지.

제이콥

그래도 375살 정도로밖에 안 보이세요. 죄송해요. 허
락도 없이 들어와서….

플라멜

괜찮아요. 알버스가 친구들이 올지도 모른다고 귀띔
해 줬거든.
(손을 내밀며)
니콜라스 플라멜이에요.

제이콥

아. 저는 제이콥 코왈스키입니다.

그들은 악수한다. 연금술사의 연약한 뼈에는 제이콥의 손힘이 너
무 세다.

플라멜

아!

제이콥

죄송해요.

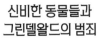

플라멜

괜찮아요.

제이콥

일부러 그런 건….

플라멜이 커다란 수정 구슬을 바라본다. 굽이치는 검은 구름과
번개가 나타나 있다.

플라멜

아하! 드디어 움직이기 시작했군!

제이콥

(가까이 가며)

저도 이런 거 본 적 있어요. 박람회에서요. 베일 쓴 여
자한테 동전 하나를 줬더니 제 미래를 알려 주더라고
요.

(잠시 후)

그러고 보니까 빼먹은 것도 많네요.

카메라가 구슬을 클로즈 온한다. 굽이치는 검은 연기와 번개. 그
한가운데에 크레덴스가 나타나고…

제이콥(O.S.)

어, 잠깐! 저 친구 알아요. 그 청년이에요. 크레덴

스….

…사라지면서 레스트랭 가족묘가 나타난다. 큰까마귀 석상이 보

인다. 돌연 그 가족묘 안 돌 벤치에 앉아 누군가를 기다리는 퀴니

가 나타난다.

제이콥

어! 퀴니잖아! 저기 있었네.

(퀴니에게 말하듯)

자기야!

(플라멜에게)

저기가 어디죠? 여기… 근처예요?

플라멜

레스트랭 가족묘예요. 페르 라셰즈 묘지 안에 있어

요….

제이콥

(수정 구슬 속 퀴니에게)

금방 갈게, 자기. 거기 그대로 있어….

(플라멜에게)

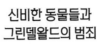

고맙습니다, 고맙습니다, 플라멜 씨!

제이콥이 감사의 표시로 플라멜의 손을 꼭 잡는다.

> 플라멜
> 아!

> 제이콥
> 아차, 죄송합니다! 죄송해요.

> 플라멜
> 아이고.

> 제이콥
> 참, 저기 촉수 아저씨 좀 봐 주세요.

제이콥이 돌아선다. 소파가 텅 비어 있다. 제이콥이 현관으로 달려간다. 현관문이 열려 있다. 카마는 빠져나갔다.

> 제이콥
> 아, 이런. 죄송해요. 저는 가 볼게요.

플라멜

그 묘지에는 절대 가면 안 돼요!

그러나 제이콥 역시 컴컴한 밤 속으로 사라져 버린다.

다시 플라멜에게로 향하는 카메라.

플라멜이 발을 끌며 제이콥을 뒤쫓아 가지만 그는 사라지고 없다. 플라멜은 초조한 얼굴로 다시 수정 구슬을 돌아본다. 구슬 안에서 검은 불꽃이 소용돌이친다.

플라멜이 발을 끌며 작업실로 돌아가 벽장을 연다. 여러 개의 작은 약병과 시험관, 그리고 번쩍거리는 마법사의 돌이 얼핏 보인다. 플라멜이 선반에서 책 한 권을 꺼낸다. 양각으로 불사조가 새겨진 책에 자물쇠가 채워져 있다. 그가 건드리자 자물쇠가 탁 열린다.
책장을 넘기는 플라멜. 카메라가 책을 클로즈 온한다.

책장마다 초상이 하나씩 실려 있고, 그 아래에 이름이 찍혀 있다. 플라멜이 계속 책장을 넘기지만 초상의 주인공들이 모두 사라져 있다.

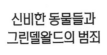

신비한 동물들과
그린델왈드의 범죄

플라멜

아이고….

덤블도어의 초상이 비어 있다.

플라멜이 또 한 장을 넘긴다. 일버르모니 마법학교의 젊은 미국
인 교수 유랄리 힉스가 걱정스러운 얼굴로 주위를 둘러본다.

유랄리

무슨 일이에요?

플라멜

덤블도어의 말이 맞았어. 오늘 밤 묘지에서 그린델왈
드가 집회를 여나 봐. 죽음이 뒤따를 거야!

유랄리

그럼 가 보셔야죠!

플라멜

(당황하며)

뭐? 난 200년 동안 전투에 참여하지 않았어….

유랄리

하실 수 있어요, 플라멜. 우린 당신을 믿어요.

SCENE 87
실외. 퓌르스템베르크 광장. 낮.

티나와 뉴트가 근처 골목에 서서 광장을 내다보고 있다. 나무뿌리들이 올라와 새장 모양의 승강기로 변한 뒤 프랑스 마법부로 내려갔던 바로 그 광장이다.

뉴트

상자는 선대 기록 보관실에 있어요, 티나. 지하 3층이
에요.

뉴트가 주머니를 뒤져 작은 약병을 꺼낸다. 그 안에는 혼탁한 액체가 두어 방울 남아 있다.

티나

폴리주스예요?

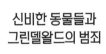

뉴트

(병을 보며)

이 정도면 들어갈 수는 있겠네요.

뉴트가 자기 외투를 내려다보더니 어깨에 붙은 테세우스의 머리카락 한 올을 찾아낸다. 그 머리카락을 액체에 넣어 마시자 뉴트의 옷을 입은 테세우스로 변한다.

티나

누구…?

뉴트

우리 형 테세우스요. 오러죠. 잘 껴안기도 하고요.

SCENE 88
실내. 프랑스 마법부 로비. 밤.

테세우스가 회의실에서 나와 그를 기다리고 있는 리타에게로 성큼성큼 걸어간다.

리타

무슨 일이야?

테세우스

그린델왈드가 집회를 열어. 장소는 모르지만 오늘 밤인 것 같아.

리타와 테세우스가 입을 맞춘다.

리타

몸조심해.

테세우스

알았어.

리타

조심하겠다고 약속해.

테세우스

그래, 조심할게. 그리고 이 얘기는 나한테 직접 듣는편이 나을 거야. 마법부에서는 크레덴스라는 청년이자기의 사라진 동생일 거라고 생각하고 있어.

리타

내 동생은 죽었어. 죽었다고. 몇 번을 말해, 테세우스?

테세우스

알아, 알지. 기록이 있잖아. 기록이 증명해 줄 거야. 기록은 거짓말하지 않으니까.

트래버스

(날카롭게)

테세우스.

테세우스가 리타를 두고 트래버스에게로 간다.

트래버스

집회에 참석한 사람들은 모조리 체포해. 저항하면….

테세우스

외람되지만, 우리가 너무 세게 나가면 오히려 역효과가 날 수도….

트래버스

하라는 대로 해.

테세우스가 자신의 모습으로 변한 뉴트와 티나가 고개를 숙인 채 마법부의 사무직원들 사이를 걸어가는 모습을 발견한다. 형제의 눈이 마주친다.

카메라가 테세우스로 변한 뉴트와 티나를 비춘다.

테세우스로 변한 뉴트가 티나의 팔을 잡고 황급히 방향을 틀어 어느 복도로 들어선다. 테세우스는 리타와 노발대발하는 (아직 뉴트를 보지 못한) 트래버스를 뒤로하고 두 사람을 쫓기 시작한다. 리타가 사람들에게서 벗어나 옆문으로 슬쩍 빠진다.

SCENE 89
실내. 프랑스 마법부 복도. 밤.

테세우스로 변한 뉴트와 티나가 그림들이 장식된 복도를 달린다. 폴리주스 약효가 떨어져 뉴트의 모습이 드러나고 있다.

> 뉴트
> 프랑스 마법부 안에서 순간이동은 안 되죠?

티나

네.

뉴트

아쉽네.

폴리주스 약효가 완전히 사라진다.

티나

뉴트!

뉴트

알아요. 나도….

갑자기 복도에 걸린 초상들이 모두 뉴트의 초상으로 변한다. 경고 방송이 들린다.

경고 방송(O.S.)

위르쟈스! 위르쟈스! 웡 소르스예 쉬비 뉴트 스캐맨
더 에 탕트레 다 르 미니스테르!
비상! 비상! 수배 중인 마법사 뉴트 스캐맨더가 마법
부에 침입했습니다!

테세우스가 화면 안으로 들어온다.

> **테세우스**
> 뉴트!

> **티나**
> (달리며)
> 형이에요?

> **뉴트**
> 네…. 편지에도 쓴 것 같은데 우린 좀 복잡한 사이에
> 요….

> **테세우스**
> **뉴트, 거기 서!**

뉴트와 티나가 전속력으로 달려 어느 문 안으로 들어간다….

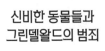

SCENE 90
실내. 프랑스 마법부 우편물실. 밤.

…우편물실이다. 우편물을 나르는 두 노인이 수레를 밀면서 둥근
방을 가로지르고 있다.

> 티나
>
> 당신을 죽이고 싶어 해요?

> 뉴트
>
> 자주 그러죠.

> 테세우스
>
> 서!

뉴트와 티나가 쏜살같이 우편물 수레들을 지날 때 테세우스가 그
들에게 마법을 쏴서 우편물 수레에 실린 상자들을 날린다. 티나
가 주문을 막는다.

> 티나
>
> 성질 누르는 법 좀 배워야겠네요!

티나가 지팡이를 겨눈다. 테세우스가 티나의 마법이 만들어 낸

높은 의자에 쿵 앉혀진다. 그런 뒤 두 손이 묶인 채 의자를 타고
뒤쪽으로 날아가 회의실 벽에 쾅 부딪친다.

    뉴트
    (감탄하며)
    내 평생 최고의 순간인데요.

티나가 웃음을 터트린다. 뉴트와 티나는 계속 달려간다.

신비한 동물들과
그린델왈드의 범죄

SCENE 91
실내. 레스트랭 가족묘. 밤.

수많은 석관이 보관된 고대 묘의 한가운데에서 리타 아버지의 장
엄한 대리석 묘가 위용을 과시하고 있다.

애버내시와 맥더프가 프랑스 마법부에서 가져온 가방을 들고 들
어와 아름다운 상자를 꺼낸 뒤 가족묘 안에 넣어 둔다.

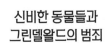

SCENE 92
실외. 페르 라셰즈 묘지. 잠시 후. 밤.

제이콥이 아무도 없는 컴컴한 묘지 안을 헉헉대고 달리며 수정
구슬에서 본 무덤을 찾는다. 저 멀리 희미한 불빛 속에 레스트랭
가족묘가 보인다.

SCENE 93
실외. 레스트랭 가족묘. 잠시 후. 밤.

제이콥이 레스트랭 가족묘에 이른다. 상인방에 큰까마귀 석상이
붙어 있다.

> 제이콥
> (속삭이는 소리로)
> 퀴니?

대답이 없다. 제이콥이 안으로 들어간다.

<u>SCENE 94</u>
실내. 레스트랭 가족묘. 밤.

카메라가 제이콥을 비춘다. 그림자와 석관 들이 가득한 작은 공간
으로 들어서는 제이콥. 등불 하나가 켜 있다.

> 제이콥
> 퀴니, 자기야?

> 남자 마법사
> 거기 서. 움직이지 마.

뒤에서 기척이 들리자 제이콥이 휙 돌아선다. 사람의 형체가 제
이콥을 향해 달려든다.

<u>SCENE 95</u>
실내. 프랑스 마법부, 기록 보관실 앞의 홀. 밤.

뉴트와 티나가 모퉁이를 돌아, 나무 문양이 조각된 아르누보 양

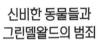

신비한 동물들과
그린델왈드의 범죄

식의 아름다운 높은 문 앞에 위치한 홀 안으로 들어선다. 나이 많은 여성이 책상 앞에 앉아 길을 막고 있다. 멜뤼진이다.

>**멜뤼진**
>
>퓌 즈 부 제데(무얼 도와드릴까요)?

>**뉴트**
>
>어… 이쪽은 리타 레스트랭입니다. 그리고 저는….

>**티나**
>
>제 약혼자예요.

멜뤼진이 책상 위에 오래된 책을 올려놓고 펼치는 사이 두 사람 사이에 어색한 분위기가 흐른다.

멜뤼진의 쪼글쪼글한 손가락이 클로즈 온된다. 'L'로 시작하는 성들을 훑어 내려가고 있다.

>**멜뤼진**
>
>(그 성들을 가리키며)
>
>알레지(들어가세요).

티나
(속삭이는 소리로)
메르시.

뉴트
(티나 뒤에서 낮은 소리로)
고맙습니다.

뉴트가 티나의 손을 잡고 기록 보관실 문 쪽으로 끌어당긴다. 멜
뤼진이 의심 가득한 눈으로 그들을 바라본다.

뉴트
티나, 약혼자 얘기가 나와서 말인데….

티나
(쌀쌀하게)
참, 미안해요. 축하해 줬어야 하는데….

기록 보관실의 문이 열린다. 그들은 얼른 안으로 들어간다.

SCENE 96
실내. 프랑스 마법부 기록 보관실. 밤.

뒤에서 문이 닫히고 어둠이 두 사람을 감싼다.

> 뉴트
> 아니, 그게….

> 티나
> 루모스.

그들 앞에 어마어마한 규모의 책장들이 펼쳐진다. 모두 나무 무늬가 새겨져 있어 마치 숲 언저리에 와 있는 듯하다. 뉴트의 주머니에서 피켓이 고개를 내밀고 흥분해 깩깩거린다.

> 티나
> 레스트랭.

아무 일도 일어나지 않는다.

티나가 먼저 걸음을 옮기고 뉴트가 바짝 뒤따라간다. 그들은 양피지 두루마리들과 간간이 보이는 예언들, 그 밖에 알 수 없는 가방들과 상자들을 넣어 놓은 나무 모양 책장들 사이를 누빈다.

뉴트
티나… 리타 말예요….

티나
방금 말했잖아요. 나도 기쁘다고….

뉴트
그러지 말라고요.

티나가 걸음을 멈추고 뉴트를 본다. 무슨 말일까?

뉴트
기뻐하지 마요.
(당황하며)
아니, 아니, 미안해요. 그러니까, 어… 당연히 난… 당
연히 티나가 기쁘면 좋죠. 티나도 좋은 소식이 있다고
들었어요. 잘된 일이에요. 아니….
(절망스러운 손짓을 하며)
그러니까 무슨 말이냐면, 티나가 기쁘면 좋지만 나한
테 좋은 일이 있다고 기뻐하진 말라고요. 난 그런 일
없으니까.
(혼란스러워하는 티나를 흘끗 보며)
정말이에요.

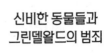
(계속 어리둥절해하는 티나에게서 시선을 돌리며)
약혼하지 않았다고요.

티나

네?

뉴트

멍청한 잡지에서 엉터리 기사를 낸 거예요. 리타는 우리 형이랑 결혼해요. 날짜는 6월 6일. 난 형 들러리고요. 그것도 참 기막힌 일이죠.

티나

혹시 형은 당신이 자기 여자를 빼앗으러 온 줄 아나요?
(잠시 뜸을 들인 뒤)
혹시 정말 그러려고 왔어요?

뉴트

아니에요! 내가 여기 온 건….

잠시 정적이 흐른다. 뉴트가 티나를 바라본다.

뉴트

…아, 당신 눈은 정말….

티나
정말 뭐요?

뉴트
말하지 말랬는데.

피켓이 뉴트의 주머니에서 빠져나와 가까운 책장으로 올라간다.
뉴트는 보지 못한다.

잠시 침묵. 그러고는 둘 다 불쑥 입을 연다.

티나	뉴트
뉴트, 당신 책 읽었어요.	계속 당신 사진을 가지고 다
아, 사진…?	녔어요. 잠깐, 내 책을…?

뉴트가 가슴 주머니에서 티나의 사진을 꺼내 펼친다. 티나는 몹
시 감동한다. 뉴트가 사진에서 티나에게로 시선을 옮긴다.

뉴트
이거예요. 신문에서 오렸는데 참 이상하죠. 신문의 사
진에선 눈이… 봐요, 실제로 보면 이렇게 신비롭잖아
요, 티나…. 마치 물속에서, 시커먼 물속에서 타오르
는 불처럼. 그런 눈을 딱 하나 아는데….

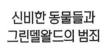

(말하지 않으려 애쓰며)
딱 하나 아는데….

티나
(속삭이는 소리로)
살라맨더?

요란한 소리와 함께, 기록 보관실의 문이 홱 열린다. 티나와 뉴트가 화들짝 놀라며 서로에게서 떨어진다. 누군가가 기록 보관실에 들어왔다. 두 사람은 책장들 사이로 들어간다.

티나
이쪽으로.

카메라가 문 앞에 서 있는 리타를 비춘다.

리타가 절박한 걸음으로 들어온다. 코르버스의 죽음에 관한 증거를 숨길 수 있는 마지막 기회다. 뒤에서 문이 닫힌다. 리타가 지팡이를 올린다.

리타
레스트랭.

원작 시나리오

책장들이 움직이기 시작한다.

카메라가 기록 보관실 문틈으로 지켜보는 멜뤼진을 비춘다.

카메라가 뉴트와 티나를 비춘다.

그들 주위에서 거대한 나무들이 움직이고 있다. 레스트랭 '나무'
가 두 사람 쪽으로 날아오는 바람에 하마터면 그 아래에 깔릴 뻔
한다. 뉴트와 티나가 책장으로 껑충 뛰어올라 매달린다.

카메라가 리타를 비춘다.

리타가 그녀의 앞에 흔들흔들 멈춰 선 높은 책장을 지그시 바라
본다. 빈칸이 보인다. 먼지 속에 상자 자국이 남아 있고, 그 자리
에 양피지 쪽지 한 장이 놓여 있다.

리타가 쪽지를 집어 들고 소리 내어 읽는다.

> 리타
> "페르 라셰즈의 레스트랭 가족묘로 기록을 이관함."

리타가 책장의 기록 상자들 사이에 숨어 있는 피켓을 발견한다.

리타

서컴로타.

높은 책장이 회전하면서 뒤쪽에 매달려 있는 뉴트와 티나가 드러
난다.

리타

안녕, 뉴트.

뉴트

안녕, 리타.

티나

(어색하지만 다정하게)

안녕하세요.

바로 그때 멜뤼진이 으르렁거리는 마타고들을 대동하고 기록 보
관실로 들어온다.

뉴트

이런.

리타

(겁내며)

무슨 고양이가 저래?

뉴트

고양이가 아니고 마타고야. 마법사들의 심부름꾼. 마
법부를 지키지. 하지만 사람을 해치진 않아. 단, 상대
가….

리타가 겁을 먹고 마타고 한 마리에게 마법을 쏜다.

리타

스투페파이!

리타의 주문이 실패한다. 주문을 맞은 마타고들이 증식해 더욱
공격적으로 변한다.

뉴트

상대가 공격하면 얘기가 달라지지!

마타고들이 마법을 맞을 때마다 개체수를 늘리며 변이한다. 상황
이 점점 위험해진다.

리타
이런.

뉴트
리타!

리타가 난간을 넘어가 뉴트와 티나가 매달려 있는 책장에 함께
매달린다.

리타
리버테!

높은 책장이 뒤쪽으로 날아가자 마타고들이 무섭게 달려든다. 마
치 이와 발톱이 달린 검은 파도가 밀려오는 것 같다.

기록 보관실 숲의 다른 '나무들'이 빙글빙글 돌고 움직이는 가운
데 뉴트와 티나, 리타가 마타고들에게 쫓기며 기록 보관실을 이
리저리 뛰어다닌다.

마타고들은 그들을 놓친 듯 보인다. 그런데 그 순간 기록 보관실
의 높은 책장들이 모두 내려가며 바닥으로 들어가 사라진다. 먹
잇감들이 있던 곳으로 마타고들이 어슬렁어슬렁 다가가지만 남
은 거라고는…

뉴트의 가방뿐이다.

카메라가 위에서 가방을 비춘다.

잠시 후.

가방에서 조우우가 폭발하듯 튀어나온다. 뉴트가 등에 타고 있다. 조우우가 포효와 함께 갈기를 번쩍이며 뒷발로 서서 몸을 젖히고, 파도처럼 올라오는 마타고들을 쳐낸다.

> 뉴트
> *아씨오!*

뉴트의 가방이 그의 손으로 날아온다.

시커멓게 들끓는 고양이들 속으로 조우우와 뉴트가 잠시 사라진다. 조우우가 붉은 꼬리를 휘저으며 막강한 힘으로 마타고들을 물리친다.

뉴트가 지팡이로 천장을 겨눈다.

> 뉴트
> *아센디오!*

바닥에서 다시 책장들이 솟아올라 뉴트와 조우우를 허공으로 높이 올린다. 조우우가 여전히 마타고들과 싸우면서, 자신의 엄청난 무게로 책장들을 기울이고 쓰러뜨리며 발코니로 올라간다.

SCENE 97
실내. 프랑스 마법부 로비. 잠시 후. 밤.

마타고들이 기록 보관실에서 달려 나오는 조우우를 뒤쫓으며 다치고 널브러진다. 조우우가 주변을 파괴하며 마법부를 가로지른다. 마침내 사무직원들 위로 껑충 뛰어올라…

…막강한 마법의 힘으로 유리 천장을 뚫고 나간다.

SCENE 98
실외. 페르 라셰즈 묘지. 밤.

단 한 번 크게 도약해 마법부를 빠져나온 조우우가 뉴트와 함께 묘지에 내려선다.

그들을 따라온 마타고 몇 마리가 으르렁거리다가 조그맣게 줄어든다. 머글들이 키우는 집 고양이만 한 크기로 줄어든 마타고들이 애처롭게 야옹거린다.

뉴트가 가방을 열자 조우우가 그에게 살갑게 코를 비빈다.

> **뉴트**
> 워, 워, 워. 자자, 기다려. 가만히 있어. 자, 착하지? 좋아. 옳지. 기다려. 옳지.

리타와 티나가 가방에서 올라와 조우우를 달래는 뉴트를 지켜본다.

고양이용 새 인형을 가지고 나온 티나가 그것을 흔들자 조우우의 눈이 반짝거린다.

리타가 뉴트와 티나의 눈을 피해 어둠 속으로 도망친다.

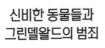
SCENE 99
실내. 레스트랭 가족묘. 잠시 후. 밤.

리타가 잠자는 레스트랭 선친들의 조각상들이 늘어선, 화려하게 장식된 공간으로 들어선다. 제이콥이 뱀으로 변한 내기니 옆에서 벽을 등지고 서 있다. 내기니가 연거푸 카마를 후려치는 가운데 카마가 크레덴스를 조준하려고 애쓴다.

> 카마
> (내기니에게)
> 저리 가! 비켜! 비키란 말이야! 코르버스뿐 아니라 너까지 죽이는 수가 있어!

리타가 카마를 향해 지팡이를 올린다. 휙 몸을 돌리는 카마. 자신에게 지팡이를 겨누고 있는 리타를 발견한다. 교착 상태다.

> 리타
> 그만해!

리타가 앞으로 걸어 나온다. 괴롭지만 결연하게, 마침내 옳은 일을 하기로 결심한 걸음으로. 카마가 잠시 넋을 놓는다. 마치 어머니가 살아 돌아온 듯하다. 카마가 어둠 속에서 리타의 얼굴을 살피며 그녀에게로 걸어간다. 최면에라도 걸린 듯 리타의 모습에 눈을 못 박은 채 동요하고 있다.

리타

유서프?

카마

맞지? 내 여동생…?

뉴트와 티나가 들어와 눈길을 주고받는다. 이건 또 무슨 말인가?

크레덴스

(리타에게)

저 사람이 당신 오빠라고? 그럼 난 누구죠?

리타

나도 몰라.

크레덴스가 리타를 밀치고 앞으로 나와 무방비한 상태로 카마와
마주 본다.

크레덴스

이름도 뿌리도 모르는 채 사는 거, 이제 지긋지긋해
요. 그냥 얘기해 주세요. 그리고 날 죽여요.

카마

네 뿌리는 우리와 같아….

(리타를 가리키며)

우리 둘과.

리타

아뇨, 유서프….

카마

(단호하게)

내 아버지 무스타파 카마는 세네갈의 순혈 가문 출신
으로 아주 성공한 분이었지.

SCENE 100
실외. 공원. 1896년. 낮.

아름다운 드레스를 입은 아름다운 여인 로레나가 보인다. 남편
무스타파와 함께 행복한 모습으로 공원을 걷고 있다. 그들 옆에
어린 유서프가 있다.

카마(V.O.)

내 어머니 로레나 역시 순혈이고 무척 아름다우셨어.
아버지와 어머니는 서로 깊이 사랑했지. 두 분은 프랑
스의 힘 있는 순혈 가문 사내를 알고 지냈는데, 그자
가 어머니를 탐했어.

저 멀리서 집요해 보이는 순혈 마법사 코르버스 레스트랭 시니어
가 로레나의 미모를 유심히 살핀다.

SCENE 101
실내. 카마 가족의 저택. 1896년. 밤.

로레나의 드레스가 잠옷으로 바뀐다. 그녀는 천천히 아래층으로
내려가고 있다. 신비로운 바람이 분다.

카마(V.O.)

레스트랭은 임페리우스 저주로 어머니를 유혹해 납
치했어….

열두 살의 카마가 어머니에게로 달려가 손을 잡고 위층으로 끌
고 올라가려 하지만, 로레나가 카마를 뿌리친다. 현관문이 벌컥

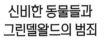
열린다. 코르버스 레스트랭 시니어가 정원의 오솔길 끝자락에 서
있다. 로레나가 그를 향해 걸어가고, 카마가 뒤쫓는다. 코르버스
레스트랭 시니어가 지팡이로 카마를 겨눠 쓰러뜨린다.

로레나가 침대에 누워 있다. 어마가 담요에 싼 신생아를 코르버
스 레스트랭 시니어에게 건넨다.

SCENE 102
실내. 레스트랭 가족묘. 밤.

> 카마
> …그게 내가 본 어머니의 마지막 모습이었어. 그 뒤
> 어머니는 딸을 낳다가 세상을 떠났지.
> (리타를 향해)
> 바로 너야.

리타의 눈에서 눈물을 흐르기 시작한다. 누르고 있던 죄책감이
되살아난다.

> 카마
> 어머니가 세상을 떠났다는 소식에 아버지는 실성했

어. 마지막 숨을 거둘 때 내게 복수를 당부하셨지.

(단호하게)

코르버스 레스트랭이 세상에서 가장 사랑하는 사람
을 죽이라고 말이야… 어렵지 않다고 생각했어. 그의
혈육은 단 하나… 너뿐이었으니까. 하지만….

리타

말해….

카마

…그는 너를 사랑하지 않았어.

SCENE 103

실내. 레스트랭의 저택, 침실. 1901년. 낮.

다시 카마의 회상. 코르버스 레스트랭 시니어가 금발의 새 아내
와 함께 있는 모습이 보인다.

카마(V.O.)

그는 어머니가 돌아가시고 석 달도 안 돼서 재혼했어.
하지만 새 아내도 조금도 사랑하지 않았지…. 그러다

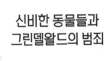

가….

어마가 갓 태어난 사내 아기를 받아 코르버스 레스트랭 시니어에
게 건넨다. 그는 몹시 기뻐한다.

> 카마(V.O.)
> …드디어 아들 코르버스가 태어난 거야. 사랑을 모르
> 던 사람이 난생처음 깊은 사랑을 알게 되었지….

SCENE 104
실내. 레스트랭 가족묘. 밤.

크레덴스가 멍하니 바라보고 있다. 그 아기가 자신이란 말인가?
그는 더 알고 싶다.

> 카마
> 그자는 아들 코르버스만 애지중지했어.

잠시 정적.

크레덴스

그럼… 그게 진실인가요? 내가 코르버스 레스트랭?

카마   리타

그래.   아니.

크레덴스가 두 사람을 번갈아 본다.

카마가 고개를 돌려 리타를 본다. 리타의 눈은 초점을 잃었다. 수년 동안 그녀를 괴롭힌 악몽 같은 기억을 다시 떠올려야 한다.

카마

(리타를 보며)

네 아버지는 무스타파 카마의 아들이 복수를 맹세한 것을 알고 내가 찾을 수 없는 곳에 너를 숨기려 했어. 그래서 하인을 시켜 너를 미국행 배에 태웠지.

리타

아버지는 코르버스를 미국으로 보냈어. 하지만….

카마

네 아버지의 하녀 어마 듀가드는 혼혈 집요정이었어. 마법의 힘이 약해서 나로선 추적할 수가 없었지. 그러

다가 뜻밖의 소식을 듣고서야 네가 이 나라를 빠져나
갔다는 사실을 알았어…. 네가 탄 배가 침몰했다는 소
식…. 그렇지만 넌 살아남았지.

(크레덴스에게)

누군가가 물에 빠진 너를 구했어!

"아들은 잔인하게 추방되고
 딸은 절망할지니
 돌아온다, 위대한 복수자
 날개를 달고 물로부터."

저기…

(리타를 가리키며)

…절망한 딸이 있어. 너는 바다에서 돌아온 날개 달린
큰까마귀지. 그리고 난… 가족의 파멸에 복수하는 자
야.

카마가 지팡이를 올린다.

카마

너를 가엾게 생각한다, 코르버스. 하지만 너는 죽어야
해.

리타

코르버스 레스트랭은 이미 죽었어요. 내가 죽였어.

리타가 지팡이를 올린다.

리타

*아씨*오!

가족묘 구석에 숨겨져 있던 묵직한 상자가 먼지를 뚫고 그녀에게
로 날아온다. 톱니들이 윙윙거리면서 연이어 딸깍딸깍하는 소리
가 들린다…. 이윽고 상자가 퍼즐처럼 열린다.

리타

내 아버지는 아주 이상한 가계도를 갖고 있었죠. 오직
남자들만을 기록하고…

난꽃 같은 꽃이 얽혀 있는 나무 모양의 가계도가 보인다.

리타

…여자들은 꽃으로 표시하죠. 아름답지만 인정받지
못해요.

신비한 동물들과
그린델왈드의 범죄

SCENE 105
실내. 레스트랭의 저택, 아기 방. 1901년. 밤.

코르버스 레스트랭 시니어가 홀로 지켜보는 가운데 어마가 아기
침대에서 아기를 안아 들고 떠난다.

　리타(V.O.)
　아버지는 코르버스와 함께 나까지 미국으로 보냈어
　요.

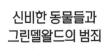

SCENE 106
실내. 배의 선실. 1901년. 밤.

어마는 잠들어 있고, 어린 리타가 2층 침대 아래층에 뜬눈으로 누워 있다. 아기 코르버스가 아기 침대에서 빽빽 울어 댄다.

> 리타(V.O.)
> 어마가 손자 손녀를 돌보는 할머니 행세를 했죠….

갑자기 불빛이 깜빡거린다. 어린 리타는 그대로 누워 여전히 빽빽거리는 아기 코르버스를 바라본다.

> 리타(V.O.)
> 코르버스는 도무지 울음을 그치지 않았어요.

바깥에서 소요가 일며 사람들이 문 앞 복도를 뛰어다닌다. 어린 리타가 계속 울어 대는 아기 코르버스에게 다가갈 때 어마가 잠에서 깬다. 어마가 어수선하고 시끄러운 복도를 살피러 간다.

> 리타(V.O.)
> 그 애를 해칠 생각은 없었어요.

어린 리타가 꼼짝 않고 서서 아기를 바라본다.

리타(V.O.)

그저 벗어나고 싶었을 뿐이에요. 아주 잠깐만….

SCENE 107
실내. 배의 복도. 1901년. 밤.

맞은편 선실의 문이 열려 있다. 그 안에서 아기 크레덴스가 깊이
잠들어 있다. 어린 리타가 슬쩍 그 안으로 들어가서 두 아기를 맞
바꾼다.

리타(V.O.)

정말로 잠깐만….

SCENE 108
실내. 배의 선실. 1901년. 밤.

어린 리타가 아기 크레덴스를 안고 들어온다.

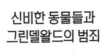

어마
아기 이리 줘!

배가 다시 요동친다. 혼란한 가운데 아기가 바뀐 것을 눈치채지 못한 어마가 아기 크레덴스를 빼앗는다. 선실 문이 벌컥 열리더니 잠옷 위에 구명조끼를 입은 검은 머리칼의 젊은 여성이 나타난다.

크레덴스의 친척 여성
어마, 구명조끼 입으래요!

여성은 자기 선실로 들어간 뒤 역시 바뀐 것을 모르고 아기 코르버스를 안아 올린다.

SCENE 109
실외. 구명정. 1901년. 밤.

어린 리타와 어마와 아기 크레덴스가 한 구명정에, 크레덴스의 친척 여성과 아기 코르버스가 다른 구명정에 타고 있다.

거대한 파도가 다가온다. 어린 리타가 크레덴스의 친척 여성과 아기 코르버스를 태운 구명정이 뒤집히는 광경을 지켜본다.

카메라가 수면을 클로즈 온한다. 생존자 몇 명이 다시 떠오른다. 크레덴스의 친척 여성도 떠오르지만 아기 코르버스는 나타나지 않는다… 크레덴스의 친척 여성이 구명조끼를 벗고 다시 물속으로 잠수하고…

다시 떠오르지 않는다. 카메라가 수면 아래로 들어가 익사하는 여성을 지나 깊은 물속으로 가라앉는 아기의 검은 형체를 비춘다. 아기 뒤로 방울방울 마법의 빛이 따라가고… 아기의 형체가…

SCENE 110
실내. 레스트랭의 가족묘. 밤.

…가족묘의 허공에 나타난다. 바닷속 같은 초록색 빛 속으로 떨어지며 익사하는 아기. 리타가 만들어 낸 형상이다. 그녀는 평생 자신을 괴롭혀 온 광경을 이제 모두에게 보여 준다.

레스트랭 가계도에서 리타를 표시하는 난초 꽃이 시들어 죽어 가는 코르버스 레스트랭의 가지 주위를 빙글빙글 돌며 감싼다.

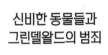

뉴트

일부러 그런 건 아니잖아, 리타. 네 잘못이 아니야.

리타

아, 뉴트. 넌 정말 어떤 괴물이라도 사랑할 수 있을 거
야.

두 사람이 오랫동안 서로를 본다. 추억이 가득한 눈으로.

티나

리타, 혹시 크레덴스가 진짜로 누구인지 알아요? 두
아기를 바꿀 때 알고 있었어요?

리타

아뇨.

크레덴스가 반응한다.

갑자기 가족묘의 벽이 열린다. 모두가 땅속으로 이어지는 계단을
바라본다. 그 아래에서 시끌벅적한 사람들의 소리가 들린다.

제이콥

퀴니?

누가 말릴 새도 없이 제이콥이 계단을 달려 내려간다. 뉴트와 티나가 급히 그를 뒤쫓아 간다. 리타가 카마를 바라본 뒤 뉴트를 따라간다.

카마도 황급히 리타를 쫓아간다.

신비한 동물들과
그린델왈드의 범죄

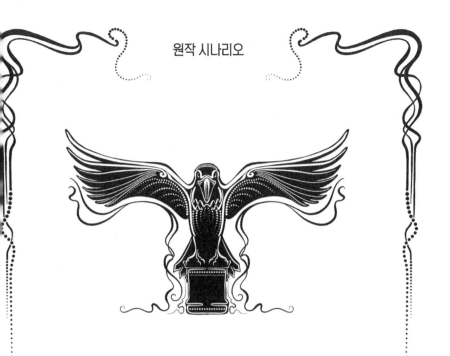

SCENE 111
실내. 지하 원형 극장. 밤.

좁은 계단을 빠져나와 지하 원형 극장으로 들어선 제이콥의 눈앞에 무시무시한 광경이 펼쳐진다.

남녀 마법사 수천 명이 돌아다니고, 일부는 이미 돌 좌석에 앉아 있다. 긴장감이 감돈다. 누군가는 초조해하면서도 호기심을 감추지 못한다. 누군가는 한껏 들떠 있고, 누군가는 전투를 준비하고 있다. 가면 쓴 추종자들이 사람들을 안내한다.

카메라가 원형 극장으로 들어서는 크레덴스와 내기니를 비춘다.

눈앞의 광경에 압도된 두 사람이 객석 깊숙한 곳으로 들어가는
인파에 휩쓸린다.

내기니가 크레덴스를 멈춰 세우려 한다.

> 내기니
> 순혈들이야. 우리 같은 존재를 재미 삼아 죽이는 자들
> 이라고!

크레덴스는 계속 걸음을 옮긴다. 내기니는 머뭇거리다가 결국 따
라간다.

제이콥이 주위를 두리번거리다가 낯익은 금발을 발견한다. 퀴니
다. 그녀가 추종자 한 명과 함께 앞자리로 가고 있다.

> 제이콥
> (속삭이는 소리로)
> 퀴니.

제이콥이 사람들을 헤치고 나아간다.

카메라가 퀴니를 향해 달려가는 제이콥을 비춘다.

퀴니가 굉장히 들뜬 얼굴로 돌아본다.

> 퀴니
> 제이콥! 자기, 왔구나! 어서 와!

퀴니가 두 팔로 그의 목을 덥석 껴안는다.

> 퀴니
> (제이콥의 마음을 읽으며)
> 어머, 자기. 미안해. 내가 잘못했어. 사랑해….

> 제이콥
> 나도 자기 사랑하는 거 알지?

> 퀴니
> 응.

> 제이콥
> 좋아. 그럼 이제 여기서 나가자.

제이콥이 왔던 길로 퀴니를 끌고 나가려 하지만, 퀴니가 그를 잡아당긴다.

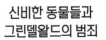

퀴니

(진지하게)

잠깐. 잠깐만 있어 봐. 그냥 얘기를 들어 보는 건 괜찮
잖아. 그냥 들어 보기만 하자.

제이콥

무슨 소리를 하는 거야?

퀴니가 당황하는 제이콥을 앞줄의 자기 옆자리에 끌어 앉히고 그
의 손을 꼭 잡는다. 제이콥이 초조한 얼굴로 주위의 순혈들을 둘
러본다.

카메라가 뉴트와 티나를 비춘다.

두 사람은 이미 인파 속에 들어와 있다. 티나는 두리번거리며 앞
서간 일행을 찾고, 뉴트는 불안해하며 더 큰 그림을 보기 시작한
다.

티나

함정이에요.

뉴트

맞아요. 퀴니… 그 가계도… 전부 미끼였어요.

뉴트가 주위를 둘러본다. 추종자들이 모든 입구를 봉쇄하려고 움직이기 시작한다.

> 티나
> 여기서 나가야 해요. 당장.

> 뉴트
> 티나는 가서 우리 일행을 찾아요.

> 티나
> 당신은요?

> 뉴트
> 나는 방법을 좀 생각해 볼게요.

뉴트는 이미 출발했다. 티나가 좀 더 천천히 인파 속으로 들어가며 제이콥과 크레덴스를 찾는다.

카메라가 뉴트를 지켜보는 한 추종자를 비춘다.

불빛이 어둑해진다. 사람들이 환호하기 시작한다.

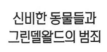
SCENE 112
실내. 지하 원형 극장. 밤.

카메라가 무대로 올라가는 그린델왈드를 따라간다. 관중이 기쁨
의 환호를 보낸다. 그린델왈드가 정치가와 록 스타를 섞은 듯한
모습으로 무대에 서자 관중의 흥분이 고조된다.

카메라가 사람들 사이를 비집고 나아가며 일행을 찾는 티나를 비
춘다.

티나는 퀴니를 발견하고 머지않은 곳에서 크레덴스를 발견한다.
누구에게 먼저 가야 할까? 크레덴스를 선택한 티나가 움직이자
추종자 한 명이 앞을 가로막는다. 둘의 눈이 마주친다. 티나는 수
적으로 이길 수 없다는 사실을 알고 있다. 추종자의 눈초리에 못
이긴 티나가 결국 자리를 찾아 앉는다.

카메라가 관중을 훑으며 화면에 담는다. 열의에 찬 퀴니와 겁을
먹고 움츠린 제이콥… 회의적인 카마… 도취된 크레덴스와 아무
도 믿지 않는 내기니… 그린델왈드를 살피며 궁금해하는 리타….

카메라가 손짓으로 관중을 진정시키는 그린델왈드를 비춘다.

원작 시나리오

그린델왈드

나의 형제, 자매, 친구 들이여, 박수를 받을 사람은 내가 아닙니다.

(부인하는 소리를 뒤로하고)

여러분이 박수를 받아야 하죠.

카메라가 관중 속에 섞여 있는 리타를 비춘다. 박수를 치지는 않지만, 그린델왈드의 카리스마에 끌리고 있다.

그린델왈드

오늘 여러분은 특별한 염원을 갖고 이 자리에 모였습니다. 기존의 방식에 신물이 났기 때문이죠…. 새로운 세상, 다른 세상에 대한 염원을 가지고 이곳에 모였습니다.

카메라가 귀 기울여 듣고 있는 크레덴스를 비춘다.

그린델왈드

제가 레 농 마지크, 혹은 머글, 혹은 노마지, 즉 마법을 할 수 없는 자들을 증오한다는 소문이 돌더군요.

관중석에서 많은 이들이 야유하며 투덜거린다. 제이콥이 자리 깊숙이 몸을 기댄다. 퀴니는 잠시 불안해하며, 좀 더 들어 보라는

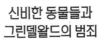
듯 제이콥의 손을 잡는다.

그린델왈드
저는 그들을 증오하지 않습니다. 정말입니다.

관중이 잠잠해진다.

그린델왈드
제가 싸우려는 것은 증오 때문이 아닙니다. 머글은 열
등하다기보다는 그저 다른 존재입니다. 무가치하다
기보다는 다른 가치를 지녔지요. 없애 버릴 게 아니라
다른 데 쓰면 됩니다.
(잠시 뜸을 들인 뒤)
마법은 귀한 영혼에게서만 꽃을 피웁니다. 보다 고귀
한 가치를 좇는 사람들에게만 주어지지요. 아, 우리가
온 인류를 위해 얼마나 멋진 세상을 만들 수 있을지
상상해 보십시오. 우리는 자유를 원합니다. 진실을 원
합니다….

그린델왈드가 앞줄의 퀴니와 눈을 맞춘다.

그린델왈드
…그리고 사랑을 원하지요.

카메라가 홀딱 마음을 빼앗긴 퀴니를 지나간다.

SCENE 113
실외. 페르 라셰즈 묘지. 밤.

가족묘들 사이에 오러 쉰 명의 형체가 나타난다. 카메라가 전진
하면서 그 안에 섞여 있는 테세우스를 비춘다.

> 테세우스
> 연설을 듣는 건 위법이 아니야! 그러니까 가급적 무
> 력은 사용하지 마. 저들에게 빌미를 주면 안 돼!

그러나 오러들의 얼굴에서는 초조함과 심지어 두려움이 엿보인
다. 몇몇의 얼굴에는 싸우려는 의지와 복수하려는 의지가 역력히
드러난다.

신비한 동물들과
그린델왈드의 범죄

<u>SCENE 114</u>

실내. 지하 원형 극장. 밤.

다시 무대 위의 그린델왈드에게로 향하는 카메라.

> 그린델왈드
>
> 이제 우리가 일어나 우리의 권리를 주장하지 않으면
> 어떤 미래가 닥쳐올지 보여 드리겠습니다.

로지어가 무대 위에 나타나 허리 굽혀 인사한 뒤, 해골 물담배를

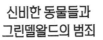

그린델왈드에게 내민다.

객석에 정적이 흐른다. 그린델왈드가 해골의 황금색 빛을 받아 환하게 빛난다. 그린델왈드가 담뱃대를 깊이 빨아들인다. 눈동자가 위로 넘어간다. 그가 연기를 내뿜자…

…놀라운 광경이 펼쳐진다. 그의 입술에서 거대한 총천연색 망토가 나와 높은 석조 천장을 뒤덮는 듯하더니 그 속에 움직이는 영상이 펼쳐진다. 사람들이 숨을 들이켠다.

수천의 군홧발이 행진하면서… 폭발이 일고 총 든 사내들이 달려간다.

사람들의 얼굴이 클로즈 온된다. 모두 넋을 잃고 겁에 질렸다. 그들의 얼굴 위로 영상의 빛이 퍼진다.

질겁하는 뉴트가 클로즈 온된다.

핵폭발 장면이 원형 극장을 뒤흔든다. 무시무시한 광경이다. 사람들이 그것을 체감하며 겁에 질린다. 비명이 이어지다가 영상이 줄어들면서 겁에 질린 수군거림이 남는다….

경악하는 제이콥이 클로즈 온된다.

원작 시나리오

제이콥
전쟁은 그만….

영상이 사라진다. 모두의 시선이 다시 그린델왈드에게로 향한다.

그린델왈드
저들이 바로 우리가 맞서 싸울 상대입니다! 저들이
우리의 적이지요. 저들의 오만함, 저들의 권력욕, 저
들의 미개함. 저들은 언제 우리에게도 무기를 겨눌지
모릅니다.

카메라가 출구들을 훑는다. 관중이 모르게 원형 극장으로 들어와
사람들 속으로 흩어지는 오러들이 보인다.

걱정스러운 표정을 한 테세우스가 클로즈 온된다. 일촉즉발의 상
황이다. 언제 어떻게 될지 알 수 없다.

관중이 잠잠해진다. 기대에 차 있고 상기된 모습이다. 놀라운 폭
로가 계속되기를 기다리고 있다.

그린델왈드
지금 제가 하는 말을 듣고 동요하지 마십시오. 차분하
게 들으십시오.

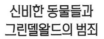

(잠시 뜸을 들인 뒤)
이 가운데 오러들이 있습니다.

사람들이 숨을 들이켜고 고개를 돌린다. 당황하며 주위를 두리번
거리는 오러들이 카메라에 잡힌다. 그들이 수적으로 턱없이 밀리
는 상황이다. 관중은 적대적이다.

그린델왈드
(방금 들어온 오러들을 향해)
가까이 오십시오, 형제 마법사들이여! 우리와 함께합
시다.

수군거림과 야유가 커지자 오러들은 별수 없이 앞으로 나아가 사
람들 앞에 모습을 드러낸다.

카메라가 고개를 돌려 그들을 보는 리타를 비춘다.

리타가 테세우스를 발견한다. 둘 사이에 오랫동안 의미심장한 눈
빛이 오간다.

테세우스
(다른 오러들에게)
아무것도 하지 마. 무력은 안 돼.

그러나 조급한 젊은 오러가 붉은 머리의 젊은 여자 마법사와 눈이 마주친다. 분노에 찬 여자 마법사. 젊은 오러 못지않게 위태로워 보인다. 여자 마법사가 자기 지팡이를 만지작거린다.

> 그린델왈드
> 물론, 저들은 나의 많은 추종자를 죽였습니다. 뉴욕에서 나를 붙잡아 고문하기도 했지요. 진실을 좇고 자유를 원하는 많은 마법사를 쓰러뜨렸습니다….

그린델왈드가 의도적으로 붉은 머리 여자 마법사의 위태로운 감정을 주무른다. 젊은 오러가 지팡이를 살짝 올린다. 그 역시 붉은 머리 여자 마법사가 폭력을 쓰고 싶어 안달하고 있음을 느낀다….

> 그린델왈드
> 여러분의 분노, 복수심, 모두 자연스러운 것입니다.

결국 일이 터진다. 붉은 머리 여자 마법사가 지팡이를 올리는 찰나, 젊은 오러가 먼저 저주를 쏜다. 여자 마법사가 쓰러져 죽는다. 여자 마법사의 친구들이 경악한다.

> 그린델왈드
> 안 돼!

비명이 원형 극장을 메운다. 그린델왈드가 관중석으로 올라가자
사람들이 길을 비켜 준다. 그린델왈드가 무릎을 꿇고 붉은 머리
여자 마법사의 축 늘어진 몸을 끌어안는다.

그린델왈드

(여자 마법사의 친구들에게)

이 어린 전사를 가족에게 데려다주세요.

니플러가 아무도 모르게 그린델왈드의 발밑에서 꼬물꼬물 기어
나와 사람들 속으로 사라진다.

그린델왈드

해산하겠습니다. 돌아가세요. 이곳에서 나가, 폭력을
쓰는 쪽은 우리가 아니라고 널리 퍼트리십시오.

죽은 여자 마법사의 친구들이 시체와 함께 순간이동해 사라지고,
관중 대부분이 같은 방식으로 원형 극장을 나간다. 테세우스와
오러들은 순혈 마법사들이 떠나는 광경을 지켜본다. 테세우스가
오러들을 앞으로 내몬다.

테세우스

(그린델왈드를 보며)

저자를 잡아.

원작 시나리오

그들이 원형 극장 계단을 내려가기 시작한다. 그린델왈드가 다가오는 오러들에게서 등을 돌린다. 전투를 기대하고 있다.

그린델왈드
프로테고 디아볼리카.

그린델왈드가 회전하며 자기 주위를 빙 둘러 검은 불을 일으킨다. 스스로를 보호하기 위해서다. 출구들이 닫힌다.

애버내시와 캐로우, 크래프트, 맥더프, 나글, 로지어가 불길을 뚫고 원 안으로 들어간다.

카메라가 머뭇거리는 크랄을 비춘다.

결국 원 안으로 들어가기로 결심한 크랄이 마음을 다잡으며 불속으로 달려가지만… 타 죽고 만다.

그린델왈드
오러들이여, 이 원으로 들어와 나에게 영원한 충성을 맹세하라. 그러지 않으면 죽음을 맞이할 것이다. 오직 이 안에서만 자유를 누릴 수 있다. 오직 이 안에서만 스스로를 찾을 수 있다.

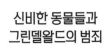
오러들이 도망치자 그린델왈드가 허공으로 불 장벽을 쏘아 올려
그들을 뒤쫓게 한다.

> 그린델왈드
> 정정당당하게 싸워! 야비하게 굴지 말고.

내기니가 크레덴스를 붙잡아 끌고 가려 하지만 그는 그린델왈드
를 보고 있다.

> 크레덴스
> 저 사람은 내가 누구인지 알아.

> 내기니
> 너의 출생을 알 뿐 너를 아는 건 아니야….

그린델왈드가 불길 너머에서 크레덴스를 보며 미소 짓는다.

> 뉴트
> 크레덴스!

뉴트가 불을 헤치고 나아가려 하지만, 불길이 점점 거칠어지며
마치 뱀장어처럼 사납게 그를 후려친다.

크레덴스가 마음을 정하고, 내기니를 뿌리치며 불길을 향해 걸어
간다.

충격에 휩싸인 내기니, 그러나 점점 커져 가는 불길에 물러설 수
밖에 없다.

카메라가 다른 쪽 벽에 붙어 서 있는 퀴니와 제이콥을 비춘다.

제이콥
퀴니. 정신 차려.

퀴니
(단호하게)
제이콥, 저 사람이 구세주야. 저 사람은 우리와 같은
것을 원하고 있어.

제이콥
아니, 아냐, 아냐, 아냐, 아냐, 그렇지 않아.

퀴니
맞아.

제이콥

아니야.

검은 불길이 빠르게 그들 쪽으로 번진다.

카메라가 불길을 뚫고 들어가는 크레덴스를 비춘다.

그린델왈드가 마치 돌아온 탕아를 맞이하는 아버지처럼 크레덴스를 꺼안는다.

그린델왈드

이 모든 게 너를 위해서였다, 크레덴스.

카메라가 퀴니와 제이콥을 비춘다.

퀴니

나랑 같이 가.

제이콥

안 돼, 자기!

퀴니

(소리치며)

같이 가!

제이콥
미쳤어.

퀴니가 제이콥의 마음을 읽고 돌아선 뒤, 잠시 머뭇거리다가 검은 불길 속으로 들어간다.

제이콥
(믿을 수 없어 절박하게)
안 돼! 퀴니, 가지 마!

퀴니가 비명을 지르고, 제이콥은 겁에 질려 얼굴을 가린다. 퀴니가 원형의 불길을 뚫고 그린델왈드의 곁으로 간다.

제이콥
퀴니….

티나
퀴니!

퀴니가 순간이동해 사라진다.

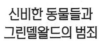
티나가 그린델왈드에게 저주를 쏘며 보복하려 하지만 둥근 불 장막이 갈수록 사나워져 마치 창처럼 덤벼든다. 그린델왈드가 관현악단을 지휘하듯 딱총나무 지팡이로 불꽃을 지휘하면서 순간이동하거나 도망치려 하는 오러들을 날카롭게 공격한다.

오러 대여섯 명이 분을 참지 못하고 그린델왈드의 불 속으로 달려 들어간다.

카메라가 원형 극장 계단에 함께 서 있는 뉴트와 테세우스를 비춘다.

> 그린델왈드
> 스캐맨더, 네가 죽으면 덤블도어가 슬퍼해 줄까?

그린델왈드가 둘에게 커다란 검은 불길을 쏘아 올리자 테세우스와 뉴트가 방어에 나선다.

> 리타(O.S.)
> 그린델왈드! 그만!

그린델왈드가 리타를 발견한다.

테세우스
리타….

그린델왈드
누군지 알 것 같군.

테세우스가 어떻게든 리타에게 닿기 위해 엄청난 의지력을 발휘해 그녀에게 이르는 길을 만들려 한다. 뉴트와 테세우스가 온 힘을 동원해 불길을 막는다.

테세우스가 리타에게 가려고 안간힘을 쓰는 사이, 그린델왈드가 불길을 뚫고 나와 리타에게로 다가간다.

그린델왈드
리타 레스트랭…, 마법사들에게 따돌림당하고… 사랑받지 못하고 괄시받았지…. 하지만 용감해. 아주 용감하지.
(리타에게)
그만 집으로 가자.

그린델왈드가 손을 내민다. 리타가 그의 손을 바라본다.

그린델왈드가 눈을 가늘게 뜨고 리타를 본다.

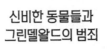

리타가 테세우스와 뉴트 쪽을 본다. 두 사람은 망연히 리타를 바라보고 있다.

> 리타
> 사랑해.

리타가 지팡이로 로지어가 들고 있는 해골을 겨눈다. 해골이 폭발한다. 로지어가 뒤로 날아가고, 잠시 그린델왈드가 혼돈의 소용돌이에 가려진다.

> 리타
> (일행들에게)
> **가! 어서!**

불길이 리타를 집어삼킨다. 테세우스가 견디지 못하고 리타에게 뛰어들려 한다.

그러나 뉴트가 테세우스를 붙잡고 함께 순간이동으로 사라진다. 그린델왈드가 분노하자 그에 따라 불길이 폭발적으로 번지며 그들을 뒤쫓는다.

> 그린델왈드
> (속삭이는 소리로)

난 파리가 싫어.

SCENE 115
실외. 페르 라셰즈 묘지. 잠시 후. 밤.

뉴트와 테세우스, 티나와 제이콥, 카마와 내기니가 모두 원형 극장에서 순간이동해 빠져나온다. 모든 가족묘에서 검은 불길이 솟구쳐 나오며 머리가 여럿 달린 히드라처럼 그들을 쫓아온다.

마침내 플라멜이 도착한다.

페르 라셰즈 묘지는 파괴되기 일보 직전이다. 그린델왈드가 일으킨 불은 이제 손쓸 수 없이 번져 있다. 불길이 용의 형상을 하고 모든 것을 집어삼키려 든다.

　　플라멜
　　다들 모여요! 모두 둥글게 서서 지팡이를 땅에 박아
　　요. 그러지 않으면 파리가 통째로 날아가요!

　　뉴트와 테세우스
　　피니테!

티나

피니테!

카마

피니테!

플라멜

피니테!

제이콥을 제외한 모두가 원을 이뤄 땅에 지팡이를 꽂는다.

그린델왈드의 사악한 불길을 제압하기 위해 모두가 초인적인 힘을 발휘한다. 훨씬 더 치명적인 불길로 맞서야 한다. 주인공들은 모두 하나가 되어 싸운다….

마침내 이들이 만들어 낸 정화의 불이 그린델왈드의 불을 밀어낸다. 지하 동굴로 향하는 문들이 봉쇄된다.

그들은 파리를 구했다.

플라멜이 제이콥을 다독인다. 내기니가 어둠 속에 앉아 눈물을 흘린다.

뉴트가 발을 끌며 상심한 테세우스에게로 어색하게 다가가, 머뭇거리며 위로의 말을 떠올리려 애쓴다. 그러다가 난생처음 두 팔로 형을 껴안는다. 두 사람은 포옹한다.

　　뉴트
　　나 어느 편에 설지 정했어.

니플러가 절뚝거리며 뉴트에게로 다가온다. 뉴트가 니플러를 안아 올리며…

　　뉴트
　　(니플러에게)
　　이리 와. 옳지. 그래, 이제 괜찮아.

…녀석의 앞발 사이에서 그린델왈드의 작은 약병을 발견한다. 뉴트가 놀라며 약병을 손에 든 뒤, 니플러와 함께 외투 안에 집어넣는다.

SCENE 116
실외. 호그와트 구름다리. 새벽.

덤블도어가 호그와트 구름다리를 걷고 있다. 반대편에는 뉴트와
제이콥, 티나, 테세우스, 내기니, 카마, 트래버스와 오러들이 서
있다.

뉴트가 덤블도어를 만나러 혼자 걸어 나간다. 트래버스가 그를
저지하려 한다.

> 테세우스
> (트래버스에게)
> 둘이 얘기하게 두는 편이 좋을 것 같습니다.

트래버스가 반박하려고 입을 열다가 테세우스와 눈이 마주친다.
트래버스가 고개를 끄덕인다.

뉴트는 계속해서 덤블도어를 향해 걸어간다. 두 사람이 구름다리
한가운데서 만난다.

SCENE 117
실외. 오스트리아 누멘가드성 창가. 새벽.

크레덴스가 하늘을 내다보고 있다. 자신의 선택이 두렵지만, 장엄한 풍경에 경외감이 든다. 카메라가 바깥으로 빠지며 산 높은 곳에 위치한 누멘가드성을 보여 준다.

SCENE 118
실내. 누멘가드성, 곁방. 새벽.

그린델왈드와 퀴니가 반쯤 열린 문 너머에서 웅장한 응접실 안에 있는 크레덴스를 지켜본다.

> 그린델왈드
> (속삭이는 소리로)
> 아직도 나를 무서워하나?

> 퀴니
> (속삭이는 소리로)
> 조심하셔야 해요…. 아직 자기가 옳은 선택을 했는지
> 확신하지 못해요. 다정하게 대해 주세요.

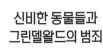
퀴니가 미소 짓는다. 그린델왈드가 그녀를 다른 문으로 내보낸다. 퀴니가 간 것을 확인한 그린델왈드가 응접실로 들어가 크레덴스에게로 향한다.

> **그린델왈드**
> 네게 줄 선물이 있단다.

그린델왈드가 등 뒤에서 멋진 지팡이를 꺼낸다. 그러고는 허리 숙여 인사하며 그 지팡이를 크레덴스에게 건넨다. 크레덴스는 자기 눈을 믿지 못한다.

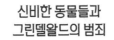

신비한 동물들과
그린델왈드의 범죄

SCENE 119

실외. 호그와트 구름다리. 낮.

덤블도어의 눈이 퀭하다. 평소처럼 차분한 모습은 찾아볼 수 없다. 인내심이 한계에 달했다.

> 덤블도어
> 리타 소식, 사실이야?

뉴트가 고개를 끄덕인다.

뉴트
네.

덤블도어
정말 유감이다.

뉴트가 작은 약병을 꺼낸다. 덤블도어가 그것을 바라본다. 괴로움과 놀라움이 교차한다.

뉴트
피의 맹세를 하신 거죠? 서로를 상대로 싸우지 않기로.

덤블도어가 씁쓸해하며 겸연쩍게 고개를 끄덕인다.

덤블도어
(감정을 떨쳐 내고)
그런데 멀린의 이름으로, 대체 네가 이걸 어떻게…?

뉴트의 외투 속에서 니플러가 고개를 내민다. 약병을 빼앗겨 슬퍼하는 모습이다.

뉴트
그린델왈드는 이런 녀석들을 단순하다고 치부하고
신경도 안 쓰는 것 같아요.

덤블도어가 두 손을 올려 애드모니터를 드러낸다.

테세우스가 클로즈 온된다.

테세우스가 지팡이를 올린다.

다시 덤블도어와 뉴트에게로 향하는 카메라.

덤블도어의 손목에서 애드모니터들이 떨어져 나간다.

피의 맹세를 상징하는 작은 약병이 뉴트와 덤블도어 사이에 떠
있다.

뉴트
파괴하실 수 있어요?

덤블도어
어쩌면… 가능할 거야.

덤블도어가 눈물을 글썽이며 다시 정신을 차리고 애써 쾌활한 투로 말한다.

> 덤블도어
> (니플러를 가리키며)
> 이 녀석한테 차 한잔 줄까?

두 사람은 호그와트 쪽으로 돌아서서 걸어간다.

> 뉴트
> 우유가 좋겠어요. 찻숟가락은 숨기시고요.

다른 사람들이 천천히 두 사람을 따라 걷는다.

SCENE 120
실내. 누멘가드성. 새벽.

> 그린델왈드
> 너는 가장 지독한 배신을 당했어. 네 혈육, 너와 피와
> 살을 나눈 가족이 의도적으로 너를 내쳤지. 네 형은
> 지금껏 너의 고통을 즐겼고, 이제는 널 무너뜨리려 하

고 있어.

크레덴스가 숨을 훅 들이마신다. 크레덴스의 아기 새가 조심스레
그린델왈드의 손바닥으로 올라간다. 그린델왈드가 아기 새를 허
공으로 던지자 새가 불꽃을 뿜으며 타오른다.

> 그린델왈드
> 너희 집안에는 가문의 누군가가 곤경에 처하면 불사
> 조가 찾아온다는 전설이 있지.

충분한 공간이 생기자 새가 날개를 펼치며 성체로 자라나고, 불
사조로 다시 태어난다.

> 그린델왈드
> 너의 타고난 권리지. 이제 너의 또 다른 권리인 이름
> 을 알려 주마.
> (속삭이는 소리로)
> 아우렐리우스. 아우렐리우스
> 덤블도어.
> (잠시 뜸을 들인 뒤)
> 우리는 함께 새로운 세상을 만들고, 역사에 기록될
> 거다.

크레덴스가 돌아선다. 마침내 옵스큐러스의 힘을 발산할 수 있게 된다. 크레덴스가 지팡이로 창문을 겨누자 엄청난 힘의 마법이 유리창을 깨뜨리고 맞은편 산을 부순다.

크레덴스가 깨진 유리창 너머로 자신의 작품을 바라본다. 그는 굉장한 힘을 지녔다. 게다가 이것은 시작에 불과하다.

끝

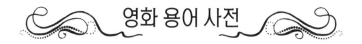

영화 용어 사전

낮은 소리로(*Sotto voce*): 속삭이거나 목소리를 낮춰 말하는 것.

디졸브(Dissolve): 기존의 영상이 점차 희미해지고 새로운 영상이 서서히 나타나는 전환 기법.

시점(POV): Point-of-view의 줄임말. 카메라가 특정 등장인물의 시점에서 촬영하는 것.

실내(Int.): 안. 실내 촬영지.

실외(Ext.): 바깥. 실외 촬영지.

장면 전환(Cut to): 시간적인 연속성 혹은 전 장면과의 연결성 없이 다음 장면으로 바로 넘어가는 것.

카메라 돌리기(Back to): 한 장면 안에서 카메라가 다른 대상을 비춘 뒤 다시 특정 인물 또는 액션으로 돌아가는 것.

카메라 비추기(Angle on): 카메라가 특정 인물 또는 사물에 초점을 맞추는 것.

클로즈 온(Close on): 카메라가 가까운 거리에서 등장인물이나 사물을 촬영하는 것.

팬(Pan): 카메라를 축에 고정해 놓고 한 대상에서 다른 대상으로 서서히 옮겨 가는 촬영 기법.

O.S.: Off-screen의 줄임말. 화면 밖에서 벌어지는 액션 또는 화면에 보이지 않는 등장인물이 하는 대사.

V.O.: Voice-over의 줄임말. 해당 장면에서 화면에 나타나지 않는 등장인물이 하는 대사.

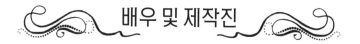

배우 및 제작진

워너 브라더스 픽처스 제공
헤이데이 필름스 제작
데이비드 예이츠 감독

신비한 동물들과 그린델왈드의 범죄

감독.. 데이비드 예이츠

각본.. J.K. 롤링

제작................................ 데이비드 헤이먼(PGA), J.K. 롤링(PGA),

스티브 클로브스(PGA), 라이어널 위그럼(PGA)

책임 프로듀서.............. 팀 루이스, 닐 블레어, 릭 세나트, 대니 코언

촬영 감독 .... 필립 루셀롯, A.F.C./ASC

미술 감독 .... 스튜어트 크레이그

편집.. 마크 데이

의상 감독 .... 콜린 애트우드

음악.. 제임스 뉴턴 하워드

출연

뉴트 스캐맨더...에디 레드메인

티나 골드스틴.. 캐서린 워터스턴

제이콥 코왈스키 .... 댄 포글러

퀴니 골드스틴... 앨리슨 수돌

크레덴스 베어본 ....에즈라 밀러

리타 레스트랭.. 조 크래비츠

테세우스 스캐맨더 .... 칼럼 터너

내기니..수현(클로디아 김)

유서프 카마.. 윌리엄 나디람

애버내시 ....케빈 거스리

with

알버스 덤블도어 ....주드 로

and

겔러트 그린델왈드... 조니 뎁

작가에 대하여

J.K 롤링은 1997년부터 2007년 사이에 출간되어 크게 사랑받고 있는 〈해리 포터〉 시리즈 일곱 편의 저자이다. 이 일곱 편의 시리즈는 자선 목적으로 쓴 참고 도서 세 편과 함께 80개 언어로 번역되어 전 세계적으로 5억 부 이상 판매되었고, 여덟 편의 블록버스터 영화로 제작되었다.

롤링이 코믹 릴리프를 돕기 위해 쓴 호그와트의 교재 《신비한 동물 사전》은 워너 브라더스사가 제작하는 다섯 편짜리 시리즈 영화의 모태가 되었고, 그 첫 번째 영화가 2016년에 개봉되었다. 두 번째 영화 〈신비한 동물들과 그린델왈드의 범죄〉는 2018년 11월에 개봉되었다.

롤링이 극작가 잭 손, 연출가 존 티퍼니와 함께 쓴 연극 대본 《해리 포터와 저주받은 아이》는 2016년 런던 웨스트엔드에서, 2018년 브로드웨이에서 상연되었고 2019년에는 세계 각지에서 상연될 예정이다.

롤링은 또한 로버트 갤브레이스라는 필명으로 '코모란 스트라이크' 탐정이 등장하는 범죄 수사물 시리즈를 쓰고 있다. 이 시리즈의 네 번째 이야기가 2018년 가을에 출간되었다. 〈코모란 스트라이크〉 시리즈는 브론트 필름앤드텔레비전에 의해 BBC와 HBO 텔레비전 드라마로 제작되고 있다. 롤링은 2012년 출간된 성인 소설 《캐주얼 베이컨시》의 저자이기도 하다.

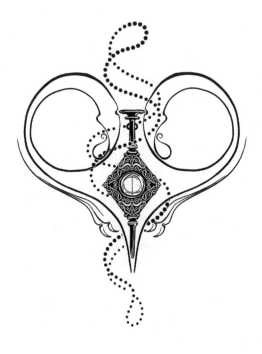

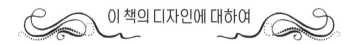

이 책의 디자인에 대하여

이 책의 디자인과 삽화는 런던에 기반을 둔 디자인 스튜디오 미나리마(MinaLima)에서 담당했다. 미나리마의 창립자인 미라포라 미나(Miraphora Mina)와 에두아르도 리마(Eduardo Lima)는 〈신비한 동물사전〉 영화 시리즈 1편과 2편, 그리고 〈해리 포터〉 영화 시리즈 여덟 편의 그래픽 디자인을 맡기도 했다. 두 사람은 영화에서부터 테마파크 그래픽, 베스트셀러 작품들에 이르기까지 마법 세계의 시각적 스타일을 완성하는 데 크게 이바지했다.

이 책의 표지와 삽화는 이야기 속의 여러 요소와 동물을 모티프로 삼았다. 1920년대의 아르누보적 느낌이 이 영화의 미학과 잘 어우러지며, 역시 미나리마가 디자인을 맡은 롤링의 베스트셀러 《신비한 동물사전 원작 시나리오》의 테마와도 통일된다.

삽화는 손으로 그린 뒤 어도비 포토샵으로 마무리했다.

옮긴이 박아람

주로 소설을 번역하며, 현재 KBS 더빙 번역 작가로도 활동 중이다. 옮긴 책으로는《해리 포터 저주받은 아이》,《마션》,《달빛 코끼리 끌어안기》,《로움의 왕과 여왕들》,《작가의 시작》,《생활수업》,《12월 10일》,《빅 브러더》,《내 아내에 대하여》,《포이즌우드 바이블》,《찰리와 악몽학교》,《달콤한 내세》, 테스 게리첸의 〈리졸리 & 아일스〉 시리즈 외 다수가 있다.

신비한 동물들과 그린델왈드의 범죄 원작 시나리오

초판 1쇄 발행 2019년 7월 24일
초판 5쇄 발행 2023년 1월 6일

지은이 | J.K. 롤링
옮긴이 | 박아람
발행인 | 강봉자, 김은경

펴낸곳 | (주)문학수첩
주소 | 경기도 파주시 회동길 503-1(문발동 633-4) 출판문화단지
전화 | 031-955-9088(마케팅부), 9534(편집부)
팩스 | 031-955-9066
등록 | 1991년 11월 27일 제16-482호

홈페이지 | www.moonhak.co.kr
블로그 | blog.naver.com/moonhak91
이메일 | moonhak@moonhak.co.kr

ISBN 978-89-8392-739-2 03840

「이 도서의 국립중앙도서관 출판예정도서목록(CIP)은 서지정보유통지원시스템 홈페이지(http://seoji.nl.go.kr)와 국가자료공동목록시스템(http://www.nl.go.kr/kolisnet)에서 이용하실 수 있습니다.(CIP제어번호: CIP2019006632)」

* 파본은 구매처에서 바꾸어 드립니다.